en Nationalbibliothek
hnet diese Publikation
etaillierte bibliografische
d-nb.de abrufbar.

g-Löbel

Impressum

Bibliografische Information der Deu
Die Deutsche Nationalbibliothek ve
in der Deutschen Nationalbibliograf
Daten sind im Internet über http://c

5020 Salzburg, Bergstraße 12

Lektorat: Beatrix Binder
Grafik und Produktion: Nadine Kasc
gedruckt in der EU

ISBN 978-3-7025-0939-2

auch als eBook erhältlich
eISBN 978-3-7025-8055-1

www.pustet.at

Micky Kaltenstein

BEGEISTERUNG

9 Porträts

VERLAG ANTON PUSTET

Inhalt

VORWORT

WARUM DIESES BUCH ..?

Begeisterung ist ein wilder Motor. Er springt an, ohne über Ressourcen nachzudenken. Liefert Ideen und wischt Bedenken vom Tisch. Manche Menschen scheinen eine Art Perpetuum mobile in sich zu tragen – gespeist aus der Begeisterung für ihr Projekt.

Beginnen sie über das zu sprechen, was sie fasziniert, leuchten sie von innen. Wie weggeblasen sind körperliche Schwächen, Erinnerungslücken oder die mühsame Suche nach dem passenden Begriff. Die Worte sprudeln aus den Menschen, ob jung oder alt. Oft tanzen die Hände beim Erzählen und eben noch müde Augen funkeln. Der ganze Mensch vibriert ...

Solche Momente sind deutliche Indikatoren für den besonderen Zauber jener Menschen, die ihr Ding gefunden haben. Ihre Aufgabe, ihre Begabung. Den Grund für ihr Sein. Diese Augenblicke können anstecken und inspirieren. Sie zeigen, dass es nicht viel braucht, um glücklich zu sein. Es genügt eine Entdeckung: das, was einen zutiefst begeistert.

DIE KRAFT DER BEGEISTERUNG

Kinder glühen noch häufig vor Begeisterung. Für sie reicht ein schillernder Käfer, um die Welt toll zu finden. Doch irgendwann kommt den Menschen dieser energiegeladene Zustand abhanden. Sie werden erwachsen und vernünftig. Planen Karriereschritte, begrenzen sich selbst und verengen ihr Blickfeld.

Sie begnügen sich mit dem Alltäglichen, werden matt und grau. Traurig und trüb. Darum dieses Buch. Als Erinnerung daran, wie man sich auch fühlen, wie man auch leben kann.

Der hundertste Schmetterling bewegt den Menschen oft nicht mehr, aber das eigene Tun kann ihn immer wieder in Begeisterung versetzen. Schmerzen verschwinden, Jammern wird überflüssig, Skrupel schmelzen. Der Mensch macht einfach – und sorgt sich nicht länger. Das Gesicht strahlt. Die Zeit bleibt stehen. Das Glück vervielfacht sich, es gedeiht im schöpferischen Moment. Zufrieden mit dem, was ist. Begeistert über das, was entsteht.

Sie ist ein Lebenselixier, die Begeisterung. Ein Verjüngungsmittel, ein kostenloses Wangenrot. Noch viel zu selten wurde diesem Tausendsassa der rote Teppich ausgerollt. Aber jetzt: ein Hoch auf die Begeisterung!

EINE ART TALKSHOW ZUM LESEN

Begeisterung wirkt magisch. In diesem Buch erzählen neun Menschen aus völlig verschiedenen Bereichen von dem, was sie voller Begeisterung tun: Musik machen oder die Welt umsegeln, Maßschuhe fertigen oder Theaterstücke inszenieren; wissenschaftliche Erkenntnisse erklären oder keramische Kunstwerke schaffen. Zur Sprache kommen auch das Scheitern und das Überwinden von Hürden.

Die Porträtierten wurden bei ihrer Arbeit besucht oder im Café getroffen. Es wurden viele Löcher in Bäuche gefragt und es wurde sehr genau zugehört: Woher kommt Ralph Caspers' Neugier auf die Welt, was brachte Laura Dekker dazu, mit nur 14 Jahren alleine im Segelboot die Welt zu umrunden? Welcher Moment hat der Dirigentin Elisabeth Fuchs gezeigt, wo ihr Platz in der Musik ist, und was denkt der Hirnforscher Gerald Hüther über die Begeisterung?

NEUN WEGE
ABSEITS DES MAINSTREAMS

Auf den folgenden Seiten erleben Sie völlig unterschiedliche Persönlichkeiten – was sie verbindet, ist der Mut zum eigenen Weg. Es sind Menschen, die es riskieren, in keine Schublade zu passen und die nicht nach Geld oder Ruhm schielen. Die einen Pfad beschritten haben, den es zuvor vielleicht noch gar nicht gegeben hat. Die aller Vernunft zum Trotz ihrer Idee gefolgt sind ...

Sie alle erzählen in der Ich-Form von ihrem Werdegang, dem aktuellen Sein und Tun. Die jeweilige Sprache ist bewusst möglichst authentisch belassen, damit Sie die vorgestellte Person beinah hören können – ohne Bewertung durch Zitate oder sonstige Filter. Es ist eine Art Talkshow zum Lesen.

Und jetzt:
Vorhang auf für die Begeisterung und ihre Facetten!

Micky
Kaltenstein

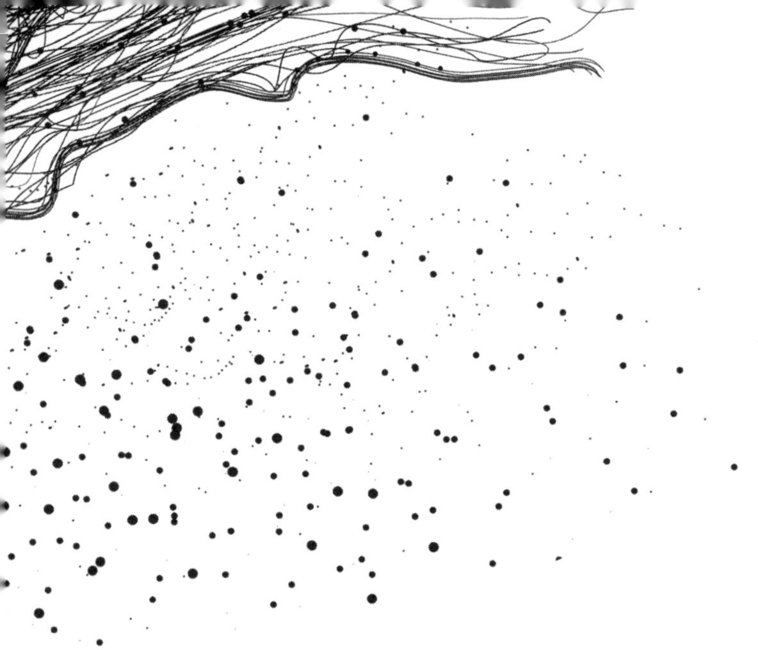

1

GEORG CLEMENTI

Ich verschenk' mich ans Publikum

Sein erstes Lied war eine Notlösung, sorgte aber für Tränen der Rührung – ab da war vieles klar. Georg Clementi ist Schauspieler, Regisseur und Chansonnier. Er macht seinem Publikum gerne Geschenke und beinahe nur das, was ihm Spaß bereitet.

Ich frage mich ständig, was ich gerne hätte. Wodurch ich mich beschenkt fühlen würde, wenn es jemand auf der Bühne täte. Und das versuche ich zu machen, wenn ich spiele, inszeniere oder singe – nichts anderes. Täte ich das nicht, müsste ich wahrscheinlich joggen gehen, um meine Kraft loszuwerden. Aber diese Kraft ist einfach da, ich muss dafür nichts machen und darf sie verschleudern.

Auftanken geschieht bei mir im Tun. Ich mache nie lange dasselbe – würde ich zwei Jahre hindurch dasselbe Stück spielen, kann ich mir gut vorstellen, dass ich Abstand

bräuchte, aber so ... Erst spiele ich ein Stück, dann inszeniere ich, dann schreibe ich ein Lied, dann probe ich mit der Band, dann mache ich ein Projekt, dann helfe ich jemandem bei irgendetwas ... ich brauche diese Vielfalt.

Ich mache ganz, ganz wenig oder fast nichts von dem, was ich nicht mag. Ich liebe es, einen Song zu schreiben. Ich liebe es, auf die Bühne zu gehen und eine Rolle zu spielen. Ich liebe es zu inszenieren. Dabei bin ich ungeduldig, immer, es ist eine ständige Herausforderung.

WEITBLICK DURCH VIELFALT

Mir bringt es so viel, Musiker zu sein, wenn ich Schauspieler bin. Es bringt mir wahnsinnig viel, Schauspieler zu sein, wenn ich Musiker bin. Und es bringt mir wahnsinnig viel, Schauspieler zu sein, wenn ich Regisseur bin. Beim Straßentheater bin ich der Chef, aber am Landestheater nur ein einfacher Schauspieler. Ich sehe diese unterschiedlichen Aufgaben mit anderen Augen, weil ich sie selbst immer wieder abwechselnd übernehme.

Was bei mir ein Riesenthema ist, ist Unabhängigkeit. Es wäre für mich ein Horror, von einem Intendanten abhängig zu sein. Ich war nur drei oder vier Jahre fest am Theater angestellt, danach habe ich vor allem deshalb gekündigt, weil ich nicht zum Musikmachen gekommen bin. Mit einem Jahresvertrag und sieben Premieren im Jahr kann man ja nicht sagen, zu diesem oder jenem Termin geht es nicht. Ich konnte also nichts anderes planen. Jetzt entscheide ich, wann ich kann und wann nicht. Und ob ich eine Rolle spielen will oder nicht.

MUSIK ALS HERZÖFFNER

Ich mache seit meiner Jugend Musik. Der Musikmarkt ist schwierig – es schreibt und singt ja jeder und viele auch gut. Aber der Markt, der kauft, ist viel kleiner als der, der produziert. Meinen allerersten Schlüsselmoment hatte ich mit 16 Jahren. Ich komme aus einer großen Familie, bin das letzte von sechs Kindern. Weil wir so viele waren, gab es bei uns eine Regel: Wenn man sich etwas Großes wünscht, muss man sich die Hälfte dafür selbst ersparen.

Ich habe mir eine richtig gute Gitarre gewünscht und wusste, wie viel ich gespart hatte. Dann war ich mit meiner

Mutter im Gitarrengeschäft und hab' mir natürlich nur die Gitarren angeschaut, die das Doppelte von dem gekostet haben, was ich hatte. Ich habe also bis auf die letzte Lira alles in eine neue Gitarre investiert. Allerdings hatte ich dann kein Geld mehr, um meine Familie zu beschenken. Darum habe ich mein erstes Lied geschrieben und es zu Weihnachten für meine Familie gesungen. Mein Vater hat geweint und da wusste ich – das kann was!

Das Gefühl von damals unterscheidet sich nicht von dem heutigen. Innerhalb weniger Tage kamen alle Verwandten, ich habe fünfzigmal mein Lied gespielt – und war der Star. Was das mit einem macht, wenn die anderen wollen, was du tust ... Wenn man jemandem etwas schenkt, und der erzählt der ganzen Welt, was du ihm geschenkt hast – das ist ein geiles Gefühl! Es ist wie eine Sucht und wahrscheinlich hat sie damals begonnen. Wenn man weiß, dass man imstande ist, jemandem so ein Geschenk zu machen. Es ist einfach wahnsinnig schön, das zu tun – und es ist jedes Mal eine kleine Enttäuschung, wenn man es nicht schafft.

THEATER FÜR ALLE

Das Straßentheater inszeniere ich das ganze Jahr über am Reißbrett. Es hat nur eine kurze Probenzeit und existiert in meinem Kopf bereits lange zuvor. Es ist nicht der beste Weg, einem Schauspieler vorzuspielen, wie man sich eine Rolle vorstellt. Besser ist es, wenn es gelingt, dass er überzeugt ist von dem, was er tut. Es nützt ja nichts, wenn man selbst etwas cool findet – aber er nicht.

Man muss einen Schauspieler verführen, damit er die Zuschauer verführt. Ein inszenatorischer Gedanke wandelt sich auf der Stelle durch den jeweiligen Darsteller. Dass einer mit Leidenschaft spielt, gelingt nur, wenn er selbst

Was mich wirklich begeistert, ist Gelassenheit.

seinen Weg findet, etwas auszudrücken. Man kann höchstens den Weg gemeinsam suchen, ihn aber nicht vorgeben, sonst ist der Schauspieler nicht überzeugend, sondern nur eine schlechte Kopie. Hürden auf dem Weg zum fertigen Stück können aus szenischen Lösungen bestehen, die nicht aufgehen, aus einem Schauspieler, der meine Sprache nicht versteht oder den Zugang zur Rolle schwer findet.

Beim Straßentheater geht's um Fragen wie: Was spielen wir? Wer spielt? Inszeniere ich nur oder spiele ich mit? Gibt's Musik oder nicht? Was kostet wie viel, können wir uns das leisten? Nach einer Unternehmung wie dem Straßentheater, bei dem ich für alles verantwortlich bin, ist es sehr schön, ins Landestheater zu gehen und zu wissen: Ich habe nur diese Rolle zu spielen, ich habe diese eine Funktion im Gefüge. Über den Rest muss ich nicht nachdenken, er hängt nicht von mir ab. Das ist sehr befreiend.

PAUSENLOSES SCHAFFEN

Ich habe kaum Pausen, ich regeneriere mich jeweils beim nächsten Projekt vom vorhergegangenen. Durch meine Kinder werde ich sehr mit meiner Ungeduld konfrontiert. Was mich wirklich begeistert, ist Gelassenheit. Wenn jemand so gescheit ist, die Welt zu durchschauen. Wenn er die Welt wahrnehmen kann und trotzdem lacht.

Wenn ich Gelassenheit personalisieren müsste, wäre das der Dalai Lama, er begeistert mich. Es kann aber auch jemand sein, der seine Chemotherapie hinter sich hat und sagt: „Ich pack das schon, das wird wieder." Und mich begeistern Stücke, Texte, Lieder und Kunstwerke, die das können. Die ausdrücken: So ist die Welt eben – und vielleicht noch einen Witz darüber machen. Die Welt ernst zu nehmen, ohne ernst zu sein, das finde ich super.

NICHT JEDEN BEGLÜCKEN

Ich mache ja nur, was mir gefällt. Ich schreibe einen Song so, wie ich ihn hören möchte, ich bin mein einziger Zuhörer. Es kann sowieso nicht jedem gefallen, das ist mir bewusst. Ich bin ja nicht für die Welt zuständig, das wäre völlig vermessen. Ich bin nicht dafür da, jeden zu beglücken, wer bin ich denn? Ich kann nur für diejenigen arbeiten, die eine ähnliche Leidenschaft oder ein ähnliches Empfinden haben wie ich. Darum gehe ich von mir aus.

Mir ist es völlig egal, ob ich vor hundert oder vor tausend Leuten spiele. Wenn ich den Ehrgeiz hätte, dass aus hundert unbedingt tausend, und aus tausend eben zehntausend werden sollen, müsste ich planen, was ich mache, sage und was nicht – aber ich bin ja vollkommen zufrieden. Ich arbeite in relativ kleinen Strukturen. Da steht kein Redakteur hinter mir, der sagt: „Die Quote stimmt nicht." Beim Straßentheater ist es wurscht, ob es tausend Leute mehr oder weniger sind. Und es zwingt mich keiner, Konzerte zu spielen oder bei Produktionen am Landestheater mitzuwirken – das suche ich mir ja selbst aus.

AUS DER *ZEIT* WERDEN LIEDER

Immer, wenn ich *Die Zeit*[1] gelesen habe, hatte ich Songs im Kopf. Aber wie oft hat man schon Zeit, *Die Zeit* zu lesen? Irgendwann hab' ich sie mir wieder einmal gekauft. Es war

Weihnachten, der Ofen brannte, fein war's ... Ich hab' ein bisserl Zeit, lese *Die Zeit* ... und schreibe ein Lied. Das war „Blau wie die Seine". Und wie mich dieses Lied ang'hupft ist, ist mir wieder eingefallen, dass es immer schon so war ...

Damals habe ich gedacht, warum mache ich nicht ein System draus, wenn die mich eh dauernd anspringen, die Lieder? Ich lege so viele Artikel beiseite, da komm' ich ein Leben lang nicht nach, alle zu vertonen. Es ist ein wahnsinnig geiles Gefühl, so ein Reservoir zu haben. Wenn mich jemand heimschickt und mir *Die Zeit* mitgibt, komm' ich mit einem Lied zurück. Das ist unglaublich befreiend.

INSPIRATION AUS TEXTEN

Wenn man den Artikel zu „Blau wie die Seine" liest, ist darin kaum ein Bild, das im Song nicht vorkommt, es ist wie ein Drehbuch. Aber es gibt andere Lieder, da wird aus einem Satz etwas völlig anderes. Es gab zum Beispiel einen Reisebericht über einen Wanderweg um den Aralsee. Darin stand der Satz: „Es gibt bessere Orte für eine Nierenkolik als die ostsibirische Wildnis." Den fand ich so genial! Aber im Lied geht es weiter mit: „... doch das Glück liegt in der Ferne", es hat also ganz woanders hingeführt. Manche Lieder sind dem Thema des Artikels sehr nahe, andere gar nicht.

Ich schreibe den jeweiligen Autoren und schicke ihnen das Lied zu ihrem Artikel. Dann frage ich, ob ich Text und Lied auf der *Zeitlieder*-Homepage[2] in Relation stellen darf. Meistens sind die Zeitungen schon zwei oder drei Jahre alt, und einige Autoren erinnern sich gar nicht mehr an ihre Texte. Mit Harald Martenstein war es so: Zwei seiner Kolumnen hatte ich auf der ersten *Zeitlieder*-CD verwendet und ihm geschrieben, aber nie etwas gehört.

Ich hab' mich gefragt, ob er wohl eine Diva ist, konnte mir das aber nicht vorstellen. Ich kannte ja nur seine Kolumnen. Aber auf der dritten CD ist er wieder mit einem Lied vertreten. Ich habe ihm den Song geschickt und im Mail dazu geschrieben: „Übrigens, haben Sie die anderen beiden Lieder je gekriegt, und ist es überhaupt okay für Sie, was aus den Texten entsteht?"

Er hat geantwortet, dass er die Lieder großartig findet, und wahrscheinlich im Stress versäumt hat, sich zu bedanken und das mache er jetzt. Ich habe ihm geschrieben, dass ich immer wieder Plakate sehe, wenn wir mit den *Zeitliedern* unterwegs sind, auf denen steht „Martenstein liest". Dabei denke ich immer: „Irgendwann drück' ich ihm die Hand, vielleicht sogar bei einem gemeinsamen Auftritt." Und Martenstein hat geantwortet: „Das wäre schön – etwa in Österreich?" Inzwischen hatten wir bereits mehrere Termine von „Martenstein liest – Clementi singt *Zeitlieder*".

FLUCHT VOR DER BEKLEMMUNG

Nach jeder CD hatte ich das Gefühl: So etwas werde ich nie wieder schreiben, so etwas fällt mir nimmer ein. Ich habe im Fünf-Jahres-Rhythmus CDs gemacht, dazwischen Theater gespielt und inszeniert. Es war also einfach, vor diesem beklemmenden Gefühl zu flüchten. Ich war ja dauernd kreativ und dann ist eh wieder etwas gekommen. Aber ich glaube, es hätte ein Problem werden können, damit fertig zu werden, wenn ich nur die Musik gehabt hätte.

Schon in der Schauspielschule im Kellertheater Innsbruck hat man mir gesagt: „Du wirst kein großer Schauspieler, du wirst kein großer Musiker, du wirst kein großer Regisseur." Sie haben gemeint, ich müsse mich entscheiden. Versteht man das Wort „groß" im herkömmlichen Sinn, haben sie recht gehabt. Eine Musikkarriere als Nebenjob zu machen, ist verrückt, genau wie Schauspielerei und Regiearbeit nebeneinander. Aber schon vor zwanzig Jahren habe ich diese Ansage für Schwachsinn gehalten, und ich habe mich ja nicht für nur eines entschieden.

Damals kam im Kellertheater Innsbruck jeden Monat eine Programmzeitung heraus. Es wurde immer ein Schauspielschüler interviewt und gefragt, wo er denn landen wolle. Die Antworten waren: „Deutsches Theater, Berlin", „Thalia Theater, Hamburg" – und ich habe gesagt: „Wenn es so spannend bleibt wie jetzt, ist es mir ganz wurscht, wo ich lande." Ich war immer schon so drauf.

KLAR VERTEILTE ROLLEN

Wenn ich auf der Bühne stehe, erwarte ich gar nicht, dass etwas vom Publikum zurückkommt. Die klare Abmachung ist ja, dass ich das Publikum beschenke, wenn es zu mir kommt. Es ist nur schwerer in einer beschenkenden Rolle zu sein, wenn jemand gar nicht beschenkt werden will. Mein Glück hängt nicht davon ab, ob etwas zurückkommt, sondern vom Akt des Schenkens selbst, den genieße ich. Es ist wie beim Kochen: Einer meiner Söhne isst nicht gerne, aber mir macht das Kochen trotzdem Spaß.

Auf der Bühne ist es das Schönste, wenn jemand Lust auf das Geschenk hat und es nimmt. Du merkst, dass du das Richtige ausgesucht hast. Das Gefühl kennt jeder: Etwas erwischt zu haben, das der andere gerade braucht. Es kann aber auch danebengehen oder lauwarm sein. Trotzdem hat man sich Gedanken gemacht, ist ein Geschenk kaufen gegangen und hat es verpackt.

ENTSPANNTE EXISTENZ

Ich bin frei von Existenzängsten, das war schon immer so. Ich komme aus einer Bauernfamilie, meine Eltern hätten nichts lieber gehabt, als dass der „Bua" daheim bleibt. Sie haben jede Hand gebraucht. Ich hab' meine ganze Kindheit gearbeitet, das haben wir alle. Es war ja immer genug Arbeit da. Mein Vater hat uns bezahlt wie die besten Arbeiter, wir waren ja auch für ihn die besten Arbeiter. Damals wurden wir nach Kisten entlohnt, alte Holzkisten voller Äpfel. Da wurde mir klar, tiefer als bis dahin kann ich nicht fallen. Insofern war an Hunger schon mal nicht zu denken, das hat mir Sicherheit gegeben.

Mit 19 habe ich mir mit meiner damaligen Freundin einen alten Camper gekauft, das war ein 21 Jahre alter Ford. Damit sind wir durch die Schweiz, durch Frankreich und Spanien und bis nach Portugal gefahren. Damals habe ich uns von Straßenmusik ernährt. In Nordspanien waren wir bei einem Stadtfest, alle Geschäfte hatten bis Mitternacht offen, die Leute waren auf den Straßen und haben gefeiert.

Ich stand an diesem Abend mit meiner Gitarre in dem Trubel von Leuten, und die haben mich mit Geld gefüttert. Am nächsten Tag hab' ich mich von dem Verdienst von Kopf bis Fuß in Leder eingekleidet. Da wusste ich, dass ich von Straßenmusik leben kann und dachte mir: „Und wenn das nicht aufgeht, kann ich nach Hause gehen und Äpfel pflücken."

Wenn ich die ersten Songs, die ich mit 16 geschrieben habe, mit den *Zeitliedern* vergleiche, liegt eine Welt dazwischen. Aber das hat 30 Jahre gedauert, und die *Zeitlieder* sind ja noch weit weg vom perfekten Song. Es gibt keinen Grund zu denken, dass die Entwicklung die nächsten 30 Jahre nicht genauso weitergeht. An Stillstand denke ich überhaupt nicht. Ich habe jedes Jahr das Gefühl, dass ich etwas dazu gelernt habe – warum sollte das enden?

ERKENNEN, WER MAN IST

Auf der Straße ist es losgegangen, dann ist die Bühne dazu gekommen. Es wurde immer intensiver, und ich habe auch immer Geld verdient. In der Schauspielschule hätten sie mich beinahe rausgeworfen, weil ich ständig gespielt habe. Ich war nur dort, weil ich auf die Bühne geraten bin und gedacht habe, jetzt sollte ich das vielleicht einmal lernen.

Meine Traumrollen waren kaputte Männer – man musste mir erst beibringen, dass ich ein Sonnyboy bin und kein Hamlet. Meine natürliche Wirkung war weit weg von dem, was ich darstellen wollte ... allein dafür war die Schauspielschule gut: um zu begreifen, wer ich bin. Das andere sind die Atem- und Sprechtechnik, die Körperbeherrschung – das spielt alles eine Rolle und das lernt man nicht auf der Straße.

Ich habe die Schule ohne Abschlussprüfung verlassen, weil die Beste unserer Klasse – Alexandra Krismer, sie spielt heute an der Josefstadt in Wien – bei einer Bühnenreifeprüfung durchgefallen ist. Das war der Tag, ab dem ich zu keiner Prüfung mehr gegangen bin. Denn diese Kollegin war mein Vorbild. So wie sie wollte ich auch spielen. Als sie durchgefallen ist, hat sich die Prüfungskommission für mich disqualifiziert.

EIN SONNTAGSKIND

Ich höre nicht viel Musik, schaue kaum fern, lese keine Tageszeitung. Für ein gelungenes Leben braucht es einerseits ganz wenig, andererseits aber wahnsinnig viel. Ich bin sehr privilegiert, ich habe so viel Glück und überhaupt noch nie Pech gehabt in meinem Leben. Das ganze Gejammere, wie schwer unser Leben ist, halte ich für Frevel. Für meine Katze ist es ein gelungener Tag, wenn sie den Wickeltisch erobert hat und von dort nicht verjagt wird. Alles, was mich von ihr unterscheidet, ist reine Projektion: Das, was ich glaube zu brauchen ...

Das ganze Gejammere, wie schwer unser Leben ist, halte ich für Frevel.

Ich lebe seit jeher ein Leben in Fülle. Ich bin ein Sonntagskind. Manchmal fordern mich meine Freunde auf: „Sag's ...". Und dann antworte ich: „Halleluja, geht's uns guat!" Das ist der Georg-Spruch. Den verwende ich schon mein Leben lang.

GEORG CLEMENTI
Chansonnier, Schauspieler, Regisseur

1969 in Bozen geboren. Mit 16 Jahren spielt er erste Konzerte, veröffentlicht Aufnahmen seiner Lieder und tritt damit im Fernsehen auf. Parallel wirkt Georg Clementi in Musical- und Kabarettproduktionen mit und beginnt 1991 sein Schauspielstudium in Innsbruck. Anschließend ist er fünf Jahre lang festes Mitglied im Ensemble des Salzburger Landestheaters, dem er als Gast bis heute angehört.
Weitere Gastengagements führen Georg Clementi nach Leipzig, Bozen und Turin sowie zu den Komödienspielen nach Porcia. Er inszenierte für das Schauspielhaus Salzburg, die Vereinigten Bühnen Bozen, die Neue Bühne Villach, die Komödienspiele Porcia und das Salzburger Landestheater. Seit 2016 ist Georg Clementi künstlerischer Leiter des Salzburger Straßentheaters. Seine *Zeitlieder*-CDs gewinnen internationale Chansonpreise.
www.clementi.de

2

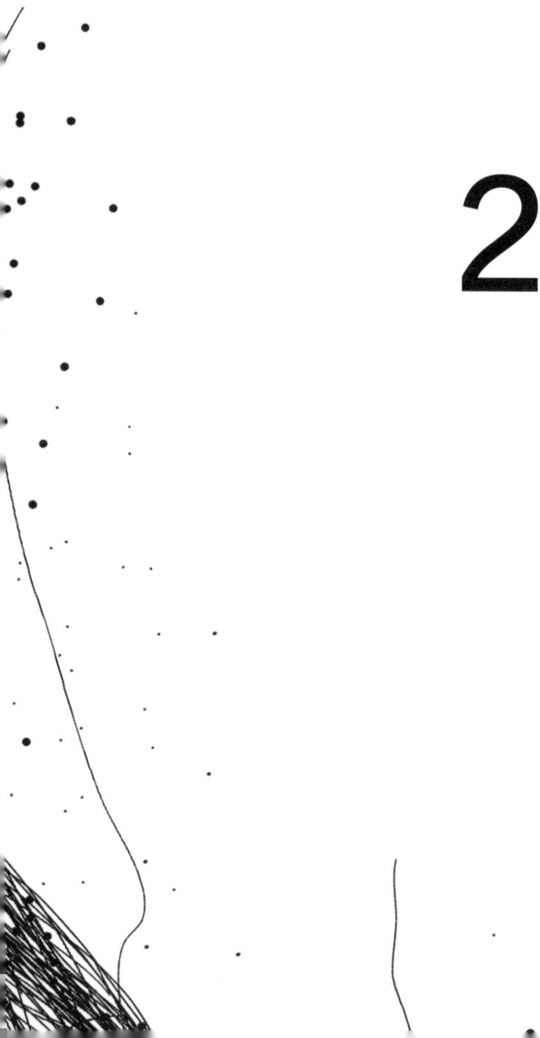

LAURA DEKKER

Berühmt werden wollte ich nie, nur segeln

Die Niederländerin Laura Dekker hat Gerichtsverfahren und Anfeindungen ertragen, um ihren Traum wahr werden zu lassen: alleine die Welt zu umrunden. Per Segelboot, mit nur 14 Jahren. Mit 16 war sie im Januar 2012 am Ziel und gleichzeitig die bisher jüngste Solo-Weltumseglerin. Als junge Frau erzählt sie von ihrem Wagnis, den 366 Tagen ihrer Reise und der andauernden Begeisterung für das Segeln.

Zwaan sail

Den verrückten Traum, alleine um die Welt zu segeln, hatte ich mit ungefähr acht Jahren. Ich hatte keine Ahnung, wann genau oder wie ich das machen würde, aber ich wusste, ich würde es tun. Ich begann mich also vorzubereiten. Es war mir klar, dass ich Geld und ein Boot bräuchte und noch eine Menge lernen müsste. Ich nahm alle Jobs an, die ich finden konnte, trug Zeitungen aus, putzte Geschäfte, kaufte mir ein Einrad, lernte es zu fahren und machte damit Vorführungen in der Stadt. Damals wohnte ich noch zu Hause in Holland und hatte dadurch keine Lebenshaltungskosten, aber das war mir zu der Zeit noch nicht bewusst.

Meine Eltern sind sieben Jahre lang auf dem Segelboot in der Welt unterwegs gewesen und während dieser Reise wurde ich geboren. Sie sind in Holland gestartet und auf halbem Weg, in Neuseeland, kam ich zur Welt – so wurde ich Teil der Crew. Wir sind ungefähr zwei Jahre lang in Neuseeland geblieben, dann ging's weiter nach Australien und Indonesien. Ein paar Jahre nach mir wurde meine Schwester Kim geboren, sie ist heute als Zirkusartistin in Europa unterwegs. Ich habe eine etwas merkwürdige Familie, wir sind alle ein wenig seltsam.

Ich habe die Bilder der Reise meiner Eltern gesehen, und obwohl ich ja selbst dabei gewesen bin, erinnere ich mich kaum an etwas. Meine ersten Erinnerungen habe ich an Holland, von der Reise meiner Eltern kenne ich vor allem die Geschichten. Darum wollte ich die Orte, die sie besucht hatten, bewusst wiedersehen und so ist mein Traum von der Weltumseglung langsam gewachsen.

Meine Eltern haben den Wunsch zu reisen in mir wiedererkannt und mir viele Bücher übers Reisen und Segeln gegeben. Ich habe *Solo*[3] von Tania Aebi gelesen und mir gewünscht, eines Tages auch alleine zu segeln. Das habe ich von meinen Eltern – wenn sie eine Idee haben, setzen sie die um. Da wird nicht noch vier-, fünfmal überlegt, die machen einfach. Meine Mutter ist Straßenkünstlerin und mein Vater Bootsbauer, sie sind beide sehr spontan.

Als ich sechs Jahre alt war, sind wir zurückgekehrt nach Holland, der Heimat meines Vaters. Nach der Scheidung meiner Eltern bin ich bei ihm geblieben. Was mich am meisten begeistert, sind Boote, darum wollte ich bei meinem Vater leben. Zu sehen, wie er Boote baut, hat mich inspiriert, mein eigenes Boot zu bauen.

Mit meinem ersten kleinen selbst gebauten Boot bin ich damals in Holland über den Fluss gesegelt, das war ziemlich aufregend. Das Gefühl, das ich hatte, als ich mit diesem kleinen Ding den Fluss überquert habe, war dasselbe wie in dem Moment, als ich zu meiner Weltumseglung aufgebrochen bin. Nur mein Traum war größer geworden.

ERFOLGE IM ALLEINGANG

Früher bin ich in Holland viele Regatten gesegelt, fast immer alleine. Irgendwann haben mich die Organisatoren beiseite genommen und gemeint, es sei nicht fair gegenüber den anderen Kindern, dass ich immer gewinne und sie verlangten, dass ich nicht mehr alleine segle. Ich wollte aber nicht mit jemand anderem segeln, also habe ich gefragt, ob ich meinen Hund mitnehmen könne. Er hatte ungefähr mein Gewicht und sie waren einverstanden.

Damals entdeckte ich in der Werft ein ziemlich heruntergekommenes Boot. Ich machte mich auf die Suche nach dem Besitzer und fragte ihn, ob ich es benützen darf, wenn ich es repariere. Überraschenderweise sagte er Ja. Ich war ungefähr zehn und bin in den Sommerferien sechs Wochen lang rund um Holland gesegelt – nur mit meinem Hund, er hat auf mich aufgepasst.

Mein Vater hätte mich nicht so lange alleine weggelassen, wäre der Hund nicht dabei gewesen. Im Jahr darauf habe ich beschlossen, dass ich mein eigenes Boot haben möchte. Also habe ich mir mit elf Jahren ein Boot gekauft. Mein Vater hat es bezahlt – ich sollte ihm die Hälfte davon zurückgeben.

AUF ZU UNBEKANNTEN UFERN

Mit 13 wurde mir Holland zu klein. Ich hatte gesehen, was ich sehen wollte und wollte woandershin. Das nächste logische Ziel war England. Mit dem Boot dauert das von Holland aus ungefähr 24 Stunden und ich fand es besser, niemandem von meinem Plan zu erzählen.

Das Wetter war furchtbar, richtig dichter Nebel. In dieser Gegend sind viele Schiffe unterwegs, das ist, als würde man eine Autobahn überqueren. Ich hatte nur einen Plan auf Papier, GPS und eine Liste mit den Schallsignalen, die große Schiffe abgeben, wenn es neblig ist. Ich saß also im Cockpit und versuchte anhand der Töne herauszufinden, wo welches Schiff war. Das war schon recht unheimlich, aber ich bin gut nach England gekommen.

Dort hat mich die Polizei aufgegriffen und mein Vater musste mich abholen kommen. Der sagte: „Du bist hierher gesegelt, also kannst du auch zurücksegeln." Das habe ich gemacht – und dann dachte ich: „Warum soll ich meine große Reise nicht jetzt antreten?" Ich hatte ein bisschen Geld gespart und ich hatte ein Boot. Ich war dreizehn und fand die Idee gut – aber alle anderen nicht.

Damals begannen die Probleme. Ich war ja noch schulpflichtig und daher versuchte ich, auf Hausunterricht umzusteigen, um selbstständig an Bord lernen zu können. Doch die Kinderfürsorge startete einen Gerichtsprozess gegen meine

Alles, was ich heute über Boote, Motoren, Navigation oder das Segeln weiß, habe ich von meinem Vater gelernt.

Eltern. Diese furchtbaren Ereignisse und all die mediale Aufmerksamkeit habe ich nicht kommen sehen. Da waren so viele Lügen und so viel Negatives im Spiel.

Damals habe ich entschieden, das alles zu ignorieren, weil ich meinen Plan schon so lange verfolgt hatte. Immerhin war das *mein* großer Traum, *ich* wollte das machen und mich nicht darum kümmern, dass hunderte Menschen da draußen mir sagen wollten, ich könne das nicht tun. Die kannten mich ja gar nicht! Die wussten nicht, wie intensiv ich mich darauf vorbereitet hatte.

ELTERLICHE UNTERSTÜTZUNG

Meine Eltern hielten die Reise zwar für keine tolle Idee, haben mir aber auch nie gesagt, dass ich sie nicht machen darf. Das war bemerkenswert, ich bin wirklich stolz auf sie und auf das, was sie für mich getan haben. Sie sind mit mir durch acht Gerichtsverfahren gegangen und ließen mich schließlich aufbrechen. Aber das Gericht verlangte, dass ich ein größeres Boot nehme, mein sieben Meter langes war ihnen zu klein.

Meine Familie hat all ihre Ersparnisse für ein 33 Jahre altes Boot zusammengelegt. Es war zwar vernachlässigt, aber die Basis war gut. Gemeinsam mit meinem Vater, der ja Bootsbauer ist, habe ich es hergerichtet und endlich war meine *Guppy* fertig. Alles, was ich heute über Boote, Motoren, Navigation oder das Segeln weiß, habe ich von meinem Vater gelernt.

Um das neue Boot zu testen, bin ich nochmals nach England gesegelt. Plötzlich stoppten die Motoren und es war überhaupt kein Wind. Ich schaute mich um, sah die großen Schiffe auf mich zukommen und entdeckte ein großes Fischernetz um mich herum. Da hatte ich keine andere Wahl als über Bord zu springen und das Netz abzuschneiden.

Die Nordsee ist ziemlich braun, ich konnte also nicht viel sehen und habe mir oft in die Hände geschnitten. Doch schließlich hatte ich es geschafft und meine beiden Propeller befreit. Das war für mich ein guter Test, wie ich in Situationen reagiere, in denen man sofort eine Entscheidung treffen muss. Am nächsten Tag hatte ich wieder ein Gerichtsverfahren in Holland und kam mit aufgeschnittenen Händen dort an. Ich musste erklären, was passiert war – das war mein letzter Gerichtstermin.

DER TRAUM WIRD WAHR

Im August 2010 bin ich aufgebrochen. Von Holland aus mit meinem Vater bis Portugal. Dann, ab Gibraltar, bin ich alleine gesegelt. Auf die Kanaren, die Kapverdischen Inseln und über den Atlantik. Das war eine große Reise für mich, die größte, die ich je gemacht habe. Alles war so neu, das Boot, von zu Hause weg zu sein, die See – manchmal war ich so nervös, dass ich nicht essen konnte. Aber das war alles weg, wenn ich an einem Ort ankam. Ich hatte es geschafft, von A nach B zu kommen, allein.

Draußen auf dem Ozean bist du völlig allein. Wenn etwas kaputt ging, musste ich es selbst reparieren. Ich hatte Ersatzteile dabei, aber kein Begleitboot. Einmal fiel mein Steuerrad ab, ein anderes Mal bekamen die Segel Risse. Auf Sponsoren hatte ich verzichtet: Ich bekam zwar die Sonnenkollektoren und mein Funkgerät gestellt, aber kein Geld.

Es war *mein* Traum, *ich* wollte diese Reise machen und ich wollte nicht, dass ein Unternehmen meinen Traum zu seinem Geschäft macht. Ich musste also unterwegs Jobs finden, arbeiten und sparsam leben. Ich aß oft Spaghetti und ankerte vor der Küste statt in Yachthäfen anzulegen. Ich habe vieles selbst gemacht und bin froh, dass ich keine großen Geldgeber hatte. So habe ich wirklich viel gelernt. Zwei Manager, die sich nacheinander um die Angelegenheiten rund um meine Reise kümmern wollten, sind mit dem Geld verschwunden. Darum organisiere ich heute alles selbst. Mein Vertrauen in die Menschen hat dadurch schon gelitten.

Ich habe diese Reise gemacht, weil ich die Welt sehen wollte. Unterwegs habe ich oft Pausen eingelegt, war auf kleinen Inseln und habe viele Menschen kennengelernt. Man hört ja vorher viele Geschichten von anderen Ländern, aber man weiß erst, wie es wirklich ist, wenn man tatsächlich dort war. Während meiner Reise habe ich begriffen, dass uns materielle Dinge nicht glücklich machen können.

Auf dem Boot hatte ich keine Dusche, kein fließendes Wasser und keinen Kühlschrank. Es war alles sehr einfach, aber dadurch wird das Reisen umso schöner, weil man diese Dinge dann wieder neu schätzt. Ich war so glücklich über einen Eiswürfel in meinem Getränk oder über ein Bett, das auf dem Boden stand und sich nicht bewegt hat.

DIE ZEIT LÖST SICH AUF

Der längste Abschnitt führte mich über den Indischen Ozean, das hat 48 Tage gedauert. Vom Wetter her war das wirklich furchtbar, die ersten beiden Wochen gab es überhaupt keinen Wind und das war ziemlich deprimierend. Dann gab es abwechselnd Stürme, Windstille und wieder Stürme. Wenigstens hat es oft geregnet, ich hatte ja keine

Entsalzungsanlage an Bord, also brauchte ich den Regen.

Nach zwei Wochen verschwindet die Zeit, sie existiert nicht mehr.

Einmal habe ich zwei Tage gebraucht um herauszufinden, warum meine Batterien nicht von den Sonnenkollektoren aufgeladen wurden – ein Vogel hatte sich darauf erleichtert. So oft, dass die Sonne nicht mehr durchdringen konnte. Ich habe es geliebt, 48 Tage dort draußen zu sein – trotz des schlechten Wetters. Nach zwei Wochen verschwindet die Zeit, sie existiert nicht mehr. Es ist egal, welcher Tag gerade ist, welcher Monat oder welches Jahr. Das einzige, was zählt, bist du, das Boot und dass es in der richtigen Richtung unterwegs ist.

Das Leben auf dem Schiff ist manchmal nicht einfach, aber eigentlich ist es trotzdem leicht. Es gibt nur ein paar Dinge zu beachten: das Boot in Bewegung und dich selbst am Leben zu halten. Ich versuche grundsätzlich ruhig zu bleiben, das ist auf dem Boot wichtig. Wenn irgendwas passiert, ist es nicht hilfreich, verrückt zu werden und herumzuspringen. Nachts konnte ich schlafen, aber einmal pro Stunde musste ich nach dem Rechten sehen.

Ich mag das Gefühl, da draußen in der Natur zu sein; auf einem kleinen Boot und nur mithilfe des Windes und der Wellen, die so viel stärker sind als wir, voranzukommen. Es ist unglaublich, wie mächtig der Ozean ist ...

EINFACH NICHTS ERWARTEN

Ich habe nie große Erwartungen an die Dinge, die ich mache. Ich lasse sie einfach geschehen und schaue, was passiert. Auf diese Weise wird man nicht so leicht enttäuscht.

Mein Vater wusste, ich bin stur genug, um meine Pläne umzusetzen. Aber er sagte mir auch: „Das wird kein Spaß. Es wird kalt sein und nass und du wirst müde sein. Es wird eine Menge Momente geben, in denen du dich fragen wirst: Warum bin ich hier, warum mache ich das?“ Deshalb habe ich mir gut überlegt, ob ich wirklich bereit bin für all das.

Andererseits habe ich während meiner Reise gemerkt: So schlimm, wie ich dachte, ist es ja gar nicht. Ich hatte erwartet, dass es wirklich hart sein würde, und weil ich es mir so schwierig vorgestellt hatte, war es in Wirklichkeit einfacher für mich. Eigentlich war die Zeit mit den Gerichtsverfahren in Holland das Schwierigste – alles andere rund um meine Reise war einfacher.

ALLEINSEIN UND BALANCE

Ich genieße es sehr, für mich zu sein, aber ich bin auch gerne unter Menschen. Es geht um die richtige Mischung. Während meiner Reise war sie perfekt: An Land habe ich immer viele Menschen kennengelernt oder Segler wiedergetroffen, es gibt ja viele Leute, die um die Welt segeln. Ich habe die Gesellschaft und das Essen genossen – und danach wieder die Ruhe und Einsamkeit an Bord gebraucht. Da konnte ich alles, was ich gesehen und erlebt hatte, verarbeiten.

Dabei habe ich viel gelernt. Das finde ich sehr wichtig, denn heutzutage hetzt ja jeder durch seine Aktivitäten, man macht alles nacheinander und hat gar keine Zeit, darüber nachzudenken, was man eigentlich tut. Ich mag diese einsamen Momente zwischendurch, aber ich würde nie nonstop um die Welt segeln wollen und monatelang völlig alleine sein. Das würde mir nicht gefallen. Diese Mischung war das Besondere an meiner Reise.

DIE VERRÜCKTE WELT

Ich denke viel darüber nach, wohin sich unsere Welt entwickelt. Wenn ich durch die Stadt fahre, frage ich mich, was wir hier eigentlich machen, warum es so weit mit uns gekommen ist. Wenn ich in Gespräche darüber gerate, wie Menschen leben und was mit der Welt passiert, werde ich sehr leidenschaftlich. Und wenn es um Boote geht.

Ich lebe jetzt in Neuseeland auf meinem Boot *Guppy*. Immer wenn ich von dort wegfliege, fühlt es sich so an, als würde ich aus einer Fantasiewelt in die richtige Welt reisen, da habe ich fast einen Kulturschock. In Neuseeland ist alles unkompliziert, ruhig und nicht so kommerziell. Die Menschen machen viele Sachen selbst und reparieren sie. Das Essen wächst im Garten, sie halten Schafe und haben einen Gemeinschaftssinn, den man in Europa nicht mehr findet. Sie kennen und helfen einander.

In Europa habe ich das Gefühl, jeder ist für sich und hat alles nur für sich selbst. Letztendlich brauchen wir einander, wir sind alle so unterschiedlich und jeder kann etwas anderes. Wenn wir zusammenhelfen, können wir vieles teilen. In Neuseeland wird das gemacht, aber in Europa möchte jeder alles selbst besitzen. Ich denke, das wird am Ende nicht möglich sein. Wir sind zu egoistisch, daraus entstehen viele negative Dinge unserer Zeit. Manchmal fällt es mir schwer, die städtische Welt zu ertragen.

IGNORIEREN ALS LÖSUNG

Für mich selbst ist es ziemlich einfach, weil ich gelernt habe, manches einfach zu ignorieren. Dieser Druck, den andere Menschen einem machen – wie man sein soll und was man machen soll – über solche Erwartungshaltungen bin ich

> Es ist mir nicht darum gegangen, die Runde um den Globus zu beenden, sondern in die Welt zu ziehen, zu lernen und zu erfahren, wie es da draußen ist.

hinweg. Ich bin ich und so bin ich eben. Es ist ein großes Geschenk, dass ich das gelernt habe. Manchmal ist es hart, zu sehen wie es Menschen ergeht, und ich wünschte, mehrere hätten diese Einstellung, sie ist einfach befreiend.

Ich finde es deprimierend, vorgeben zu müssen, jemand anderer zu sein. So, wie die Gesellschaft einen haben möchte. Von mir wurde erwartet, die Schule zu beenden, zu studieren und einen Job zu finden. Für manche ist das eine gute Idee. Es ist das, was sie wollen und wo sie hinpassen – aber es gibt auch Leute wie mich, die das nicht wollen und die andere Ideen haben. Es sitzen ohnehin schon genug Leute in Büros und wollen das gar nicht, aber sie wurden dazu gedrängt. Das finde ich traurig. Wir sollten ihnen zeigen, dass es auch etwas anderes gibt und dass es egal ist, was andere denken.

DAS ENDE UND EIN NEUER ANFANG

Meinen größten Traum habe ich bereits mit 16 Jahren in die Tat umgesetzt. Ich bin sehr glücklich, das gemacht zu haben. Es ist mir nicht darum gegangen, die Runde um den Globus zu beenden, sondern in die Welt zu ziehen, zu lernen und zu erfahren, wie es da draußen ist. Für mich hat es sich so angefühlt, als hätte ich bereits in Südafrika mein Ziel erreicht.

Das Unheimlichste an der ganzen Reise war, wieder in Sint Maarten anzukommen, dort hat sich der Kreis geschlossen, mein Weg um die Welt war vollendet. Der Traum, für den ich viele Jahre gekämpft hatte, war plötzlich erfüllt. Das war bedrückend, was sollte ich nun machen? Das hatte ich mir vorher nicht richtig überlegt.

Aber trotzdem hat es sich so angefühlt, als würde mein Leben jetzt beginnen. Als hätte ich alle Bausteine, die ich gebraucht habe, zusammengetragen. Irgendwie war das der Start in mein Leben – obwohl mein großer Traum damit zu Ende ging. Das Größte, was ich je machen würde, war bereits getan. Aber es gibt noch so vieles zu tun.

Ich habe immer zu viele Ziele und Träume und zu wenig Zeit, alles umzusetzen. Manchmal glauben die Leute, die Träume fallen vom Himmel und alles geht leicht, aber so ist es nicht. Doch es lohnt sich immer, für seine Träume zu kämpfen und etwas dafür auszuhalten. Daran zu glauben, dass man es möglich machen kann – und sich gut vorzubereiten.

NÄCHSTE ABENTEUER

Ich hatte mich entschieden, nicht mehr zurück nach Holland zu gehen. Also segelte ich weiter nach Neuseeland. Dort bin ich 2012 – zusammen mit meiner kleinen Katze – angekommen. Ich habe mein Buch geschrieben, einen netten Mann kennengelernt und geheiratet. Wir leben immer noch auf meinem Boot *Guppy*, wollen es aber verkaufen, um ein größeres kaufen zu können. Ich habe das Gefühl, der Zeitpunkt ist richtig, um das nächste Abenteuer zu starten.

Auf dem neuen Boot möchten wir in Zukunft Segelprogramme für Jugendliche anbieten. Mit den jungen Leuten segeln und ihnen zeigen, wie wunderschön die Welt ist. Ich habe gemerkt, wie sehr mir das, was ich gemacht und erlebt habe, geholfen hat, mit der Welt umzugehen. Und es wäre so schön, dieses Geschenk weitergeben zu können. Es nicht nur für mich zu behalten, sondern zu teilen. Diese Reise war egoistisch, weil sie ja für mich war. Aber das, was ich dabei gelernt habe, kann ich mit anderen teilen. Das möchte ich tun und ich habe das Gefühl, ich muss es auch.

LAURA DEKKER

Jüngste Solo-Weltumseglerin

Während der Weltreise ihrer Eltern wird Laura Dekker 1995 in Whangarei, Neuseeland, geboren. Sie besitzt die deutsche Staatsbürgerschaft durch ihre Mutter, die niederländische durch ihren Vater und die neuseeländische durch ihren Geburtsort. Von Kindheit an auf dem Wasser, startet die Seglerin nach zahlreichen Gerichtsverfahren als 14-Jährige ihre langersehnte Weltumrundung.

Der eigentliche Rekordversuch beginnt Anfang 2011 auf Sint Maarten – ein Jahr und einen Tag später legt Laura Dekker nach 27 000 Seemeilen wieder auf der Antilleninsel an. Ihr Ziel war nie, Schnellste zu sein – sondern unterwegs von anderen Menschen und Kulturen zu lernen. www.lauradekker.nl

3

GEROLD TUSCH

Obsession fürs Ornament

Der Keramikkünstler Gerold Tusch erzählt von seinem Arbeitsmaterial, dem Leben mit der Kunst und der Faszination für barocke Ornamente. Seine Werke sind bei internationalen Ausstellungen zu sehen, im Schloss Belvedere in Wien zu bestaunen oder im Salzburger Atelier beim Entstehen zu beobachten. Gesprächsmosaike aus der Werkstatt ...

zerbrechlich

Wahrscheinlich ist die Beziehung zu meinem Arbeitsmaterial Ton sogar eine Obsession. Ich bin dem Material so nahe – und das Material ist mir so nahe, weil ich ja fast alles mit den Händen mache. Bis auf ein paar Hölzchen und ein paar Blättchen gibt es relativ wenig Werkzeug, es herrscht also eine große physische Nähe. Über so viele Jahre der Arbeit mit meinem Werkstoff ist es auch eine mentale Nähe geworden.

Meine Ideen entwickeln sich in Relation zum Material oder aus dem Material heraus. Abgesehen von der Obsession muss es auf irgendeiner Ebene auch eine Form von Fetischismus sein, weil ich dem Material immer wieder erliege oder auf eine Art ergeben bin. Es übt auf mich eine Anziehungskraft und Faszination aus, die über das hinausgeht, was andere Materialien mit mir tun.

PROGNOSTIZIERTER ABSCHIED

Bei meiner Diplomprüfung in der Abteilung für Keramik an der *Gerrit Rietveld Academie* in Amsterdam gab es ein Beurteilungssystem mit externen Juroren, die keine Professoren der Akademie waren. Damals hat ein wichtiger belgischer Keramiker, ein toller Mann und Künstler, zu mir gesagt: „Das ist ja alles ganz interessant, aber du wirst nicht lange mit diesem Material arbeiten und dir ein anderes suchen."

Damals habe ich gedacht: „Wie kann er so etwas sagen?" Als wir uns nach gut zwanzig Jahren wieder über den Weg gelaufen sind, habe ich ihn darauf angesprochen. Er konnte sich nicht mehr erinnern, aber es war mir eine Genugtuung, erzählen zu können, dass ich noch immer mit diesem Material arbeite.

DIE SEHNSUCHT NACH DER DRITTEN DIMENSION

Obwohl ich am Mozarteum in Salzburg Malerei studiert habe, muss ich sagen: Offensichtlich hat mich die Keramik mehr gefangen genommen als die Malerei. Aber wenn ich jemanden malen sehe, verspüre ich einen unglaublichen Wunsch, das auch zu machen. Der Alltag in der Werkstatt ist jedoch auf das jeweilige Tun gerichtet und dabei gibt es eine Staubentwicklung, die nicht kompatibel ist mit der Malerei.

Aber es geht mir gut mit der Vorstellung, dass ich ein Bild malen könnte. Allerdings weiß ich nicht, was ich malen sollte – doch ich weiß ganz genau, was ich keramisch tun möchte. Weil mein Denken sich in dieser Dimension weiterentwickelt. Vielleicht brauche ich die dritte Dimension ganz einfach, und es geht mir weniger um die Farbe.

DER INSPIRATION EINEN LANDEPLATZ BEREITEN

Auch Ideenentwicklung ist Arbeit. Natürlich kenne ich Stunden, in denen die Muse kommt und mich küsst. Diese inspirierten Momente gibt es unvorhergesehen, aber als Künstler weiß ich, in welchem Setting und unter welchen Bedingungen ich gut nachdenken und entwickeln kann. Die Voraussetzungen für inspiriertes Tun sind Ruhe und eine Form von zufriedener Gelassenheit.

Druck ist für mich ganz schlimm, da bin ich nicht kreativ. Ich brauche eine Überschaubarkeit der Fragestellung und ein Maß an Ordnung. In einem ungeordneten System fällt mir nichts ein. Vielleicht hat das was mit Kontrolle oder Sicherheit zu tun, zu wissen, wie der Rahmen aussieht.

Ich beginne ungern, während eine Arbeit entsteht, eine neue. Die müsste ich erst zur Seite schaffen, mir Raum geben – einen Freiraum. Außerdem muss ich körperlich in einer guten Disposition sein, ausgeschlafen. Ich kann auch gut spätabends arbeiten, da bin ich leistungsfähig, dafür aber morgens nicht. Man muss sich selbst ein bisschen kennen, das kann man nicht einfach dem Zufall überlassen und glauben, dass alles von selbst funktioniert. Demut und Respekt sind mir wichtig.

EIN HIMMEL AUF ERDEN

Im Jahr 2017 habe ich an einer Installation für den *Kunstraum Burgkapelle* in Klagenfurt gearbeitet, das ist ein Bestandteil des Museums Moderner Kunst Kärnten. Zweimal im Jahr werden Künstler eingeladen, eine Installation für diesen historischen Ort zu machen.

Mir hat dieser Raum schon lange gut gefallen, aber ich hätte es vermessen gefunden, mich dafür offiziell zu interessieren. Doch nach den großen Vasen für das Treppenhaus im Schloss Belvedere in Wien, die ich vor ein paar Jahren gemacht habe, dachte ich, jetzt darf ich fragen. Glücklicherweise bin ich auf offene Ohren gestoßen.

KUNST AUF DEM BODEN

An der Altarseite in der Klagenfurter Burgkapelle ist ein barockes Fresko mit einer Himmelfahrtsdarstellung des heiligen Domitian von Josef Ferdinand Fromiller, einem Kärntner Barockmaler. Auf dem unregelmäßigen, dunklen Steinboden habe ich ringförmig angeordnete Wolkenornamente aus Keramik platziert. Sie sind plastisch, glasiert und versilbert.

In dem ehemals sakralen Raum ist der Begriff *Himmel* auch eine Paradiesvorstellung, doch hier lagen die Wolken auf dem Boden und der Betrachter konnte um diese Ornamente herumgehen. Sie sollten Platzhalter sein für die spirituelle Idee von *Paradies*. Diese Fragen verbinden viele Religionen: „Gibt es einen Paradiesort?" „Wie sieht er aus?" „Wo kann er sein?" Ich war gerührt, dass ich in diesem wunderschönen Raum etwas machen durfte. Ich empfinde es als Privileg, was mir das Leben zuteilwerden lässt. Ein Teil meiner Arbeitsenergie kommt aus dieser Freude.

DIE ARBEIT
AM DETAIL

Insgesamt 59 Teile für den *Himmel auf Erden* wurden als Unikate gezeichnet und gebaut. Sie lagen auf dem zirka 70 Quadratmeter großen Kapellenraum in 17 unterschiedlichen Kreisen. Ich wollte etwas machen, das mit dem Raum in einen engen Dialog tritt. Ich arbeite immer wieder mit der formalen Übersetzung historischer Formen, vor allem aus den Bereichen Ornament und Dekor.

Es wird häufig so getan, als ob das Ornament keine Bedeutung hätte und Dekor nur oberflächliche Verzierung wäre. Doch nichts an uns oder um uns – sei es ein Schmuckstück, ein Accessoire, ein Tattoo – kommuniziert nicht. Alles sagt etwas. So ist es auch mit den Blumentöpfen rechts und links der Haustüre, mit der Prunkvase im barocken Schloss oder mit der silbernen Wolke, die am Altar exzessiv arrangiert ist. Diese Dinge dürfen durchaus als eigene Struktur bestehen und nicht nur als Rahmen.

Die Diskussionen darüber, ob etwas Kunst ist oder nicht, interessieren mich weniger. Jenseits dieser Bewertungen sage ich gerne, dass ich Keramiker bin. Weil das beschreibt, mit welchem Material ich arbeite. Ich könnte auch sagen, ich bin Künstler und arbeite mit Ton, aber ich fühle mich nicht unwohl mit der Aussage, dass ich Keramiker bin – auch wenn das manche kokett finden.

Ich bin in meiner Arbeit gerne ein bisschen frech, spiele bewusst mit Frivolitäten und schramme hart am Kitsch entlang.

DER ZAUBER DES ANFANGS

Am Anfang steht oft ein Raum, ein Ort, eine Situation. Für mich ist das wahnsinnig inspirierend, einen definierten Raum zu haben und zu wissen, dort kann ich etwas machen. Meine Werke entwickeln sich oft in den Raum hinein oder aus dem Raum heraus. Im klaren Bezug zum Raum entsteht bei mir eine Vorstellung, was dort sein könnte.

Ich bin auch ein starker Formalist, mich interessiert, wie etwas formal im Raum funktioniert. Der Inhalt ist immer ein Thema, aber es gibt auch die Bedeutung der Form. Eine formale Struktur ist nie einfach nur eine formale Struktur.

BAROCKES ZEITGEMÄSS

Was kann in einem bestimmten Raum passieren, was verträgt er, wie kann ich dem Raum gerecht werden? In einem barocken Raum ist natürlich das barocke Denken präsent. Es funktioniert in Allegorien, Symbolen und Metaphern – darauf möchte ich zeitgemäß reagieren. Heute können wir Bilder oft nicht mehr ohne ergänzenden Text „lesen“.

Mein Ziel ist es, lesbare Dinge zu machen. Nicht im Sinne einer komplexen ikonographischen Deutung, sondern im Sinne von Unmittelbarkeit in der Wahrnehmung. Ich finde es immer wieder anmaßend, wenn Menschen die Welt so absolut erklären. Wie ich sie sehe oder wie es mir damit geht, kann ich ausdrücken, aber wie die Welt *ist*, kann ich nicht sagen.

DIE LAST DER SYMBOLIK

Ich mag es nicht so gerne, den Dingen eine schwere symbolische Last zu geben. Eher suche ich – ganz im Sinne des Manierismus – nach meiner *maniera*, meiner Art, etwas zu gestalten.

Wenn etwas gut in einem Raum funktioniert, wenn die Proportionen stimmen, wenn Blicke interessant gelenkt werden, wenn die Farbigkeit mit dem Ganzen korrespondiert, wenn etwas vereinnahmend oder verstörend ist oder auf irgendeine andere Art das Interesse weckt, ist das schon viel. Ich bin in meiner Arbeit gerne ein bisschen frech, spiele bewusst mit Frivolitäten und schramme hart am Kitsch entlang.

INNERES GLÜHEN

Es begeistert mich, wenn Energie von mehreren Seiten zusammenfließt, wenn ich spüre, dass Menschen etwas Gutes wollen. Das kann sich in der Kunst zeigen. Das ist auch in der Wahrnehmung von Kunst so, wenn ich merke, hoppla, da geht jetzt etwas auf, weil jemand mit ganz viel Leidenschaft etwas umgesetzt hat. Das begeistert mich dann maßlos. Es muss gar nicht etwas sein, wofür ich mich interessiere, es genügt mir, zu sehen, dass jemand für etwas glüht. Das kann ich aus meinem eigenen Tun und Sein gut nachvollziehen.

Es ist mir völlig egal, wofür sich jemand einsetzt, solange es im moralischen Rahmen bleibt. Jemand kann Streichholzschachteln sammeln, wenn er das mit Leidenschaft und Begeisterung tut, macht mir das Freude. Ich selbst kann mich auch ganz stark für Dinge begeistern. Aber ich finde es schlimm, wenn sich jemand für nichts erwärmen kann, wenn ein inneres Feuer völlig fehlt.

LEBENSMOTOR BEGEISTERUNG

Mich begeistert die Kunst als Möglichkeit, das Leben zu verstehen. Ich muss nicht jeden Tag im Atelier sein und etwas tun, damit ich mich lebendig fühle, aber es geht mir besonders gut, wenn ich Kunst mache, dann stimmt die Welt für mich.

Es ist ein Geschenk, dass ich aus mir selbst heraus Dinge schaffen kann und nicht Faktoren von außen brauche, die mich etwas tun lassen – wie zum Beispiel ein Anstellungsverhältnis. Das ist eine Form von Freiheit.

DAS SCHEITERN INTEGRIEREN

Ein Versuch ist etwas Gnädiges – er darf gelingen oder scheitern. Das ist eine Grundlage von Existenz, dass ich etwas probieren darf und es vielleicht klappt, vielleicht aber auch nicht. Die Möglichkeit, scheitern zu dürfen, ist wichtig. Diese ganz klare Vorstellung, wie etwas zu sein hat, liegt mir nicht.

> Ich glaube, dass die Delikatesse meiner Objekte auch ihre Zerbrechlichkeit ist.

Ich kann – den Bedingungen entsprechend – meinen Blickwinkel verändern. Es gibt immer viele Wege, etwas wahrzunehmen. Alles auch anders denken zu können, ist wichtig. Als Künstler weiß man, dass jedes Detail einer Entscheidung bedarf, und dass ich diese Entscheidung selbst treffe. Ich könnte sie allerdings auch anders treffen.

DELIKATE DINGE

Keramik ist zerbrechlich – mit dieser Tatsache muss man leben. Das ist nicht immer leicht. Ich habe mit dem Scheitern kein Problem, aber ich mag keine kaputten Dinge. Das Ziel ist, dass das Ding intakt aus dem Brennofen kommt, das ist eine Frage von Know-how und Konzentration. Wenn ich doch ein Stück habe, das gebrochen ist, versuche ich, es zu rekonstruieren und nicht zu restaurieren, weil es dann wieder intakt und ganz ist.

Ich glaube, dass die Delikatesse meiner Objekte auch ihre Zerbrechlichkeit ist. Das macht das Material für mich wertvoll. So ist es ja auch mit der menschlichen Existenz. Die ist so wertvoll, weil sie eben verletzlich und zerbrechlich ist. Das muss man verstehen lernen und akzeptieren.

GLÜCK & LAST

Eine Grundbedingung für ein glückliches Leben ist, es jeden Tag wieder neu zu sehen. Auf seine Möglichkeiten zu prüfen und nicht ständig das eigene Unglück zu betrauern. Meine

Arbeit ist körperlich anstrengend, die keramischen Teile wiegen oft sehr schwer und auf der Ofenplatte noch mehr. Das kann ich nicht immer in der optimalen Position heben, vom Ofen her ist das nicht möglich. Ich hatte deshalb vor ein paar Jahren einen Bandscheibenvorfall, der hat mich erschüttert, auch emotional.

Ich habe meinen Körper jetzt noch besser kennengelernt und tue viel für ihn. Man muss schon sorgfältig hinhören, aber manchmal hört man schlecht, weil man eben nicht hören will. Ich möchte vernünftig und gesund leben, aber der Lebensfreude, die auch in kulinarischen Dingen beheimatet ist, kann ich mich nicht versagen. Ich glaube, dass alles zusammenhängt. Das Leben ist ein Ganzes.

Ein gewisses Maß an Wohlfühlen und Glück ist der Kunst zuträglich. Leiden bringt nicht viel und es kostet so viel Kraft, da wieder herauszufinden. Wie soll ich denn im Leiden die Energie finden, etwas Freudvolles zu tun?

MÖGT MICH!

Es ist mir ein Anliegen, dass die Kunst positiv bei den Menschen ankommt. Mir ist wichtig, dass die Menschen meine Arbeit sehen und es wäre mir sehr recht, wenn sie sie mögen. Ich möchte positiv wahrgenommen werden, es ist mir nicht egal, was die Menschen von mir denken.

Aus meiner Sicht ist Kunst ein soziales Phänomen. Sie reflektiert auf ihre Art die Gesellschaft und ist Teil unseres Verständnisses davon. Sie kommentiert, dokumentiert und begleitet unser gesellschaftliches Leben. Es wäre daher seltsam, wenn sie sich von der Gesellschaft distanzieren würde. Sie soll sich nicht anbiedern, aber sie darf sich auch nicht verschließen.

Ich mag keine kryptischen Werke, bei denen man sich nach der Erklärung denkt: „Darauf wäre ich nie gekommen." Und ich mag keine Sachen, bei denen man sich dumm vorkommt. Ich finde es gut, wenn Künstler eine verständliche Sprache sprechen. Das ist leider nicht immer der Fall. Man tut der Kunst bestimmt nichts Gutes, wenn man sich arrogant vor sie stellt.

VERTIEFTE WAHRNEHMUNG

Eine Beschäftigung mit Dingen vertieft alles. Je mehr man sich damit auseinandersetzt, umso näher lernt man etwas kennen und umso differenzierter kann man es wahrnehmen. Das ist das Wertvolle.

Aber man muss realistisch dabei bleiben, was man vom Betrachter erwartet und wie viel Zeit und Lebensenergie er hergeben möchte, um sich einzulassen. Lässt er sich ein, reiche ich ihm die Hand und sage: „Komm herein, ich möchte, dass du das siehst."

EINDIMENSIONALE BEURTEILUNG

Ich begegne manchmal dem Vorwurf, meine Arbeiten seien oberflächlich und dekorativ. Es ist allerdings oberflächlich, in dekorativen Strukturen nur den dekorativen Bestand zu sehen und nicht zu verstehen, was dieses Element an einer bestimmten Stelle aussagt. Meine Kunstwerke sind formal vereinnahmend, das möchte ich so und es macht mir Freude. In den 1990er-Jahren, meinen künstlerischen Anfängen, war oft die Aussage zu hören: „Naja, das ist schon ein bisschen dekorativ", und das war abwertend gemeint.

KONZENTRATION AUF EIN SEGMENT

Wenn man die Geschichte des Ornaments anschaut, sieht man, mit welcher Liebe und Sorgfalt die Menschen früher daran gearbeitet haben – das begeistert mich. Wie sie sich in kleinste Details vertieft haben und diesen ihre ganze schöpferische Kraft zuteilwerden ließen. In dem Wissen, dass der Mensch nicht die ganze Welt gestalten kann und es durchaus reicht, sich auf ein Segment einzulassen und in diesem etwas voranzubringen.

Denn darum geht es: dass man sich auf ein Segment mit allem, was man an Erfahrung und Leidenschaft, Energie und Wissen aufbringen kann, konzentriert, und das Potenzial, das einem gegeben ist, zur Entfaltung bringt.

GEROLD TUSCH
Keramikkünstler

1969 in Villach/Kärnten/Österreich geboren. Der Künstler arbeitet vor allem mit historischen, ornamentalen Elementen aus den Bereichen Dekor und Kunsthandwerk. Besonders die Prunkformen aus dem Barock und Rokoko liefern Gerold Tusch einen reichen Fundus, auf den er pointiert zugreift und die Dinge in einen neuen Kontext setzt. Der Keramikkünstler kreiert seine Werke im Atelier in Salzburg und stellt sie regelmäßig international aus. www.geroldtusch.com

4

ELISABETH FUCHS

Wer Talent hat, muss es einsetzen

Was passiert, wenn man seinem Glücksgefühl folgt? Elisabeth Fuchs hat es ausprobiert: In jungen Jahren erlebt sie ihren magischen Moment und wird statt Musiklehrerin doch lieber Dirigentin. Die Vorbereitung auf diesen Beruf beginnt bereits im elterlichen Gasthof – das mit der Begeisterung für die Musik kommt später.

Als ich das erste Mal dirigiert habe, hatte ich das Gefühl: Ich bin angekommen. Davor habe ich in Orchestern musiziert und in Chören gesungen. Das war alles gut – aber noch nicht das Richtige. Diese Entdeckung, dass ich etwas kann und meinen Platz gefunden habe, macht ein Gefühl frei. Vielleicht ist es ähnlich dem, wenn ein buddhistischer Mönch ins Nirwana eintritt. Ich war auch ab und zu im Kloster und habe acht Stunden am Tag gebetet.

Einmal war da so eine Art Durchzug, als würde eine Kraft kommen und mich durchströmen. Ich habe überlegt, ganz ins Kloster zu gehen. Doch nach einer Woche habe ich gemerkt: Es ist nicht so, wie ich es mir vorgestellt habe. Es war mir zu weltlich dort.

Wenn man seinen Platz gefunden hat, wird man frei für Ideen. Und es kommen unglaublich viele Ideen. Ich habe das Talent, sie auch umsetzen zu können, weil ich organisieren kann. Das ist ein Glück oder vielleicht ein Fluch – denn wenn man vieles kann, muss man auch viel arbeiten. Fast alle Ideen, die ich habe, lassen sich verwirklichen und daran arbeite ich. Das mache ich nicht für mich, sondern weil ich finde, wer Ideen und Talente geschenkt bekommt, muss sie umsetzen für eine gute Welt. Jeder sollte das tun.

EINE IDEE VON GOTT

Ich bin nur eine Dienerin Gottes. Ich muss meine Talente finden und damit wirken. So diene ich den Menschen und dem großen Ganzen – das ist für mich Gott. Für mich ist das kein alter Mann mit Bart, sondern etwas, das über allem steht und ein riesiger Manager ist. Der hat sich eine Idee überlegt, die großteils sehr gut geht – und manchmal geht's überhaupt nicht. Wenn man sich Syrien anschaut, ist irgendetwas schief gelaufen. Da müssen jetzt alle mithelfen, damit das wieder gut wird.

Es ist wie ein Auftrag für mich, Talente zu nützen.

Ich sehe uns als großes Ganzes, bin auf jeden Fall eine Europa-Denkerin, eine Welt-Denkerin. Es gibt zu viele Narzissten auf der Welt, die nicht groß denken, sondern nur an ihr eigenes Ego. Aber das wissen sie nicht, sonst würden sie's vielleicht anders machen.

Es ist wie ein Auftrag für mich, Talente zu nützen. Für mich ist es eine Sünde, nicht mit vollem Engagement zu wirken. Faul zu sein ist für mich auch ein bisserl eine Sünde, darin bin ich nicht gut. Obwohl, wenn Faulheit dazu dient, sich zu sammeln, um dann wieder geben zu können, passt das. Aber faul sein und warten, bis man bedient wird – mit solchen Menschen in der Gesellschaft habe ich Probleme. Bei faulen Menschen habe ich das Gefühl, dass sie nicht gefunden haben, was sie glücklich macht und nährt. Wir hätten kein Problem mit Arbeitslosigkeit oder den Kosten für das Gesundheitssystem, wenn jeder sein Talent finden würde und gerne schafft und wirkt und macht.

Ich komme vom Gasthaus, vom Land – da gab es keine klassische Musik. Ich hab' die *Kleine Nachtmusik* daheim gehabt, das war's. Ich war auch erst mit 15 oder 16 zum ersten Mal in der Oper, das ist alles sehr spät und aus mir selbst heraus entstanden. Aber anscheinend hat sich schon früh gezeigt, dass ich von Natur aus Führungskraft besitze, und so wurde ich im elterlichen Gasthaus zum „Annoncieren" eingesetzt. Das ist das Ansagen von Bestellungen in der Küche, die Schnittstelle zwischen Service und Küche, eine Art Managementposition.

LEBENSSCHULE GASTGEWERBE

In unserem Landgasthaus gab es wichtige Tage, an denen das System funktionieren musste, weil wir doppelt ausverkauft waren. Bei uns ging es nicht nach Tischnummern, sondern nach Namen, man hat ja jeden gekannt. Es war ein schönes Gefühl für das ganze Team, weil auf einmal ein System reinkam, das funktioniert hat. Die Gäste waren zufrieden, weil sie schneller das Essen hatten, das Servicepersonal war zufrieden, weil alles geklappt hat. Damals habe ich zum ersten Mal das Glück erlebt, ein Team zu organisieren und zu delegieren.

Ich finde, Gastgewerbe ist eine großartige Schule. Man sieht, wo das Geld herkommt und lernt, wie man mit Menschen umgeht, wie unterschiedlich sie sind. Das war wie ein Soziologiestudium und das kommt mir heute zugute. In einen Raum zu gehen und „Grüß Gott" zu sagen – oh, das war schwierig als Zehnjährige! Aber es musste sein, denn unser Wohnzimmer war ja eigentlich das Gastzimmer. Da fehlte natürlich die Privatsphäre.

MUSIKALISCHE ERFAHRUNGEN

Mit 14 Jahren habe ich Oboe gelernt und mit 16 war ich oft im Einsatz bei Blasmusikkapellen. Das war okay, aber das war's noch nicht. Dann gab es ein Konzert, ich war 17, und die Frage kam auf: „Wer moderiert denn?" Ich habe damals schon am Brucknerkonservatorium in Linz studiert und wurde gefragt, ob ich das gemeinsam mit einem Kollegen machen möchte. Ich habe mich überhaupt nicht vorbereitet, aber der ganze Saal wurde gut unterhalten. Es war eine Gaudi und ich habe gemerkt, das liegt mir.

Damals war ich noch in einem Musikgymnasium in Linz und von 25 Schülern unter den fünf schlechtesten. Die anderen 20 kamen alle aus musikalischen Haushalten, haben früh angefangen, Klavier zu spielen und mit acht Jahren an ersten Wettbewerben teilgenommen. Fünf davon hatten ein absolutes Gehör – bis dahin wusste ich nicht einmal, was das ist. Ich habe keine Wettbewerbe gespielt und konnte mich sehr frei entwickeln, ohne Druck von den Eltern oder der Presse.

Wenn man von der Elite junger Musikschüler umgeben ist, weiß man gleich, wo man steht. Ich konnte mir also nicht vormachen, dass ich eine große Musikkarriere machen würde, da hätte ich früher anfangen müssen.

Im Gymnasium haben wir in der Früh nicht gebetet, sondern gesungen, immer die längsten Stücke. Bruckner-Motetten zum Beispiel, die dauern neun Minuten und wir haben sie vierstimmig gesungen. Auf diese Weise hatten wir neun Minuten weniger Englischunterricht. Ich habe eine recht gute Altstimme, und weil wir zu wenige Tenöre hatten, wurde ich dafür eingesetzt. Dadurch gab es in der Schule für mich eine Art Upgrade.

Es war eine super Schule mit einem tollen Musiklehrer, Balduin Sulzer. Er hat beschlossen, dass ich ein Schulkonzert dirigieren sollte. Plötzlich vor der Klasse zu stehen war für mich schwer, aber dann hat es mir getaugt.

MAGISCHE MOMENTE

Mit 16 habe ich in London die Matthäus-Passion gesungen, dirigiert von Franz Welser-Möst mit dem *London Philharmonic Orchestra*. Von solchen Aufführungen zehrt man ein Leben lang! Wenn man so jung eine Matthäus-Passion singt, versteht man gar nicht, was man da eigentlich singt. Und trotzdem war es wie ein Blitz! Herr Möst und ich haben uns nach der letzten Note angeschaut und beide geweint, weil es so berührend war. Da sitzen 3000 Leute im Publikum und mit den 300 Mitwirkenden auf der Bühne geschieht diese Begegnung. Es hat mich fasziniert, was Musik bewirken kann. Das war ein magischer Moment.

Damals habe ich mir gedacht, wie klasse es wohl sein muss, so etwas zu leiten. Aber ich hätte nie gedacht, dass ich jemals selbst dort vorne stehen würde. Weil ich dafür eigentlich zu viele Komplexe hatte. Aber durch diese Aufführung habe ich begonnen, mich mit Gott und der Bibel auseinander zu setzen.

Mit 17 haben wir beim Papst gesungen und waren in Assisi. Dort habe ich fünf oder sechs Stunden in der Kirche verbracht und so einen Zugang zu Franz von Assisi bekommen. Das war eine Art Wende für mich. Zuvor war ich ein Partygirl. Wo ich war, war immer eine Gaudi – damals bin ich höchstens drei Minuten in einer Kirche geblieben. Für meine Lehrer war es sicher nicht einfach, weil ich immer klar gesagt habe, was ich denke. Aber ab diesem Zeitpunkt bin ich weniger ausgegangen, habe gute Gespräche geführt und Begeisterung für Gott entwickelt. Ich mag keine Unterwürfigkeit, was mir wichtig ist, ist Respekt.

DIE ERINNERUNG BEWAHREN

Es gab einen anderen magischen Moment in der zweiten Klasse Gymnasium. Wir hatten zum ersten Mal Geschichte, ich blätterte das Geschichtebuch durch und blieb bei Sophie Scholl[4] hängen, sie hat mich fasziniert. Später habe ich die Oper *Die weiße Rose* aufgeführt und war entsetzt, dass meine Studienkollegen keine Ahnung hatten, wer sie war. Da dachte ich: Umso wichtiger, dass wir das aufführen, damit die Leute nicht vergessen.

Mit 14 hatte ich im KZ Mauthausen eine Führung mit einem ehemaligen Häftling, der sagte: „Kinder, ihr dürft nicht vergessen, was passiert ist, sonst droht es, wieder zu passieren." Heute weiß ich, dass man nicht nur nicht vergessen darf, man muss auch versuchen, zu verzeihen. Das ist natürlich schwierig, aber für die Gerechtigkeit einzustehen war mir schon immer wichtig.

Ich habe zwei kleine Kinder und bin alleinerziehend. Heute kann ich mich nicht mehr dazwischenwerfen, wenn es irgendwo ungerecht zugeht, weil im Ernstfall die Kinder alleine sind. Aber früher war das anders. Heute würde ich für alles einstehen, bei dem ich nicht mein Leben riskieren muss. Ich gehe auch nicht mehr auf gefährliche Berge oder fahre wild Snowboard, das wäre nicht fair den Kindern gegenüber.

VIELFÄLTIGE STUDIENZEIT

Ich habe Musik und Mathematik fürs Lehramt studiert und bewusst kein Instrumentalstudium gewählt. Da ich ja mit der Oboe keine Wettbewerbe gespielt habe, dachte ich, ich sei nicht gut genug. Doch ab dem ersten Semester habe ich zusätzlich Dirigieren im Nebenfach belegt, weil mir das so getaugt hat. Das war bei Herbert Böck, ich war seine erste Studentin. Bei ihm habe ich drei Jahre lang alles Mögliche gelernt – vom Dirigieren des Mozart-Requiems bis zum Arrangieren von Symphonien für fünf Streicher und zwei Oboen. In diesen fünf Stunden pro Woche habe ich gemerkt: Das ist es! Es war so klar, vom ersten Mal an. Ich konnte das einfach, der Kanal war frei dafür.

In diesen drei Jahren bin ich musikalisch extrem gewachsen durch den vielen Unterricht, durch gute Lehrer, durch nächtliches Üben im Mozarteum. Die Leute, die von 22 bis

2 Uhr in der Früh üben, sind wirkliche Freaks. Und die Gespräche, die man um Mitternacht beim Kaffeeautomaten führt, sind besondere. Da war so ein intensiver Austausch mit den Kollegen, etwas wurde in mir entfacht.

Ich hatte am Mozarteum die Crème de la Crème an Lehrern. Damals hat man ja noch kostenlos studiert, das ist verrückt. Ich glaube, das Musikstudium mit den vielen Einzelstunden ist noch teurer als das Medizinstudium. Ich habe es in vollen Zügen genossen und auch viel dafür gemacht. Ich dachte mir, in der Schule hat man 30 Wochenstunden, also habe ich meinen Kalender auch mit 30 Stunden gefüllt. Dazu noch üben und lernen – ich war von Anfang an bei einer 80-Stunden-Woche, wurde aber so getragen von der Sache.

NOCH EINE RUNDE …

Mit dem Studium war ich so schnell, dass ich mit 22 Jahren fertig war, aber noch nicht an die Schule wollte. Also habe ich überlegt, noch Gesang zu studieren, aber mein Gesangslehrer hat gesagt: „Du bist eine gut singende Musikerin, aber keine Sängerin. Eine Sängerin braucht ein anderes Auftreten." Aber mein Auftreten ist auch nicht das einer Dirigentin. Wir sprechen heute noch darüber, dass bei mir alles anders gelaufen ist als es laufen sollte. Ich bin wohl ein Original ohne Vorbilder.

Ich habe also beschlossen, dass ich noch Dirigieren studieren möchte. Nur einer Freundin, einer Konzertpianistin, habe ich davon erzählt und die sagte: „Das ist die Elite des Mozarteums, da kannst du nicht einfach so rein. Die Aufnahmeprüfung ist in drei Wochen, andere bereiten sich zwei Jahre darauf vor." Aber ich wollte es einfach probieren und wissen, wo ich stehe. Würde ich genommen werden?

Ich hatte keinen Plan, bin nur diesem Glücksgefühl gefolgt.

Ich wurde genommen – im Grunde hatte ich mich ja drei Jahre durch mein Nebenfach-Studium darauf vorbereitet. Und dann habe ich gemerkt, dass es tatsächlich die Elite ist. Es werden nur ein bis zwei Leute pro Jahr aufgenommen, und das Studium dauert sechs Jahre. Ich hatte mir nichts erhofft oder erwartet. Ich hatte keinen Plan, bin nur diesem Glücksgefühl gefolgt, diesem Berührtsein wie damals in London, dieser Verbindung, dieser Magie. So viele Leute in den Bann zu ziehen und ihnen etwas mitzugeben – das ist genial. Dieses Glücksgefühl stellt sich heute noch ein und es fehlt mir wahnsinnig, wenn ich längere Zeit nicht dirigiere.

EINE DIRIGENTIN BRAUCHT EIN ORCHESTER

Dass ich mit 22 Jahren ein Orchester gegründet habe, lag an meinem Linzer Musiklehrer Balduin Sulzer. Er fand, ein Dirigent ohne Orchester ist wie ein Musiker ohne Instrument. Wenn man sechs Jahre lang studiert, dirigiert man vor allem die Kollegen am Klavier. Da übt man zwar die Technik und die Stücke, aber es ist so viel komplexer, wenn man 80 Leute vor sich sitzen hat. Das ist ein Führungsjob und man lernt ihn nur, indem man ihn macht. Also habe ich die *Junge Philharmonie Salzburg* gegründet und mich gewundert, dass die anderen nicht auch ein Orchester gründen. Später habe ich verstanden, warum ...

In all den Jahren habe ich nicht nur Dirigieren gelernt, sondern auch Organisieren und Budgetieren. Dabei kamen mir das Mathematikstudium und die Mitarbeit im elterlichen Gasthaus sehr zu Hilfe. Trotzdem stellte sich bald heraus, dass so ein freies und niedrig subventioniertes Orchester ein ziemlicher Geldschlucker war. Ich hatte einen Berg von Schulden und musste auf dem Münchner Oktoberfest kellnern.

DAS ERSTE KONZERT

Es ist unglaublich viel Arbeit, bis so ein Konzertprojekt steht. Bis die Musiker wissen, wann sie Probe haben und mit welchen Noten. Bis der Probesaal organisiert ist, die Notenpulte und Stühle bereitstehen, der Konzertsaal gebucht ist und Werbung und Pressearbeit geplant sind. Mein Antrieb war nie Geld, da müsste ich etwas anderes machen. Aber ab der ersten Minute Probenzeit hat sich alles so richtig angefühlt und war im Fluss. Ich habe so viel von den Musikern gelernt.

Das erste Konzert war am 5. November 1998. Mitte August hatte ich angefangen zu organisieren. Der Raum war reserviert und ich kannte die Saalmiete. Mein Gesangslehrer war im Konzert und hat gesagt: „Es war ein gutes Konzert, aber es stand nichts davon in der Zeitung. Was nicht in der Zeitung steht, ist nicht passiert." Seither weiß ich, wie wichtig Pressearbeit ist.

Der Dirigenten-Job braucht extremes Know-how, das ist einer der anspruchsvollsten Berufe. Zu allem Fachwissen kommen noch die soziologischen und psychologischen Bereiche dazu, sehr spannend. Ich bin Dirigentin, aber ich weiß heute auch, wie man ein Budget macht, wie man um Subventionen ansucht und wie man eine Bilanz liest – auch wenn ich es hasse, das zu machen.

Ich bin seit über zwanzig Jahren haftende Obfrau, wenn ich ein Minus mache, stehe ich mit meinem Haus dafür ein. Seit die Kinder auf der Welt sind, „verkaufe" ich mich besser, weil ich weiß, ich muss jetzt etwas verdienen. Ich habe 15 Jahre lang nichts verdient, nur getan. Damals habe ich immer Jobs angenommen, um Geld zu verdienen. Ich habe an einer Mädchenrealschule in Traunstein Mathematik unterrichtet und zusätzlich gratis organisiert und dirigiert. Ich verdiene erst seit ein paar Jahren etwas mit dem Dirigieren. Früher habe ich einen Kredit aufgenommen, um den Musikern das vereinbarte Geld zu geben.

Meine Eltern sagen: „Du hast Mathematik studiert und bist im Gasthaus aufgewachsen, wieso dirigierst du, wenn du nichts verdienst damit?" Aber ich muss einfach. Die Begeisterung kommt von dieser Magie, der Berührung. Es hat auch damit zu tun, wie mich das reinigt, wie ich mich dabei fühle. Es ist durchaus egoistisch – aber Dirigieren lädt mich auf.

OPTIMALE BALANCE

Die Balance aus Organisieren und Musik war lange für mich in Ordnung, dann ist sie gekippt und irgendwann waren nur noch fünf Prozent Spaß im Spiel. Da wird man sauer gegenüber Musikern, wenn sie nicht vorbereitet sind, oder wenn ein Kind etwas umschüttet. Meine Toleranzschwelle hat nicht mehr gestimmt und ich habe die Reißleine gezogen.

Ich habe eine Pause gemacht und gelernt, vieles anders anzugehen. Es ist gut, eine Zäsur zu machen und Ruhe zu haben. Etwas abzusagen, um Freiraum zu schaffen. Wieder zu dem zu finden, wer man ist, wofür man was macht. Sich zu fragen: „Woher kommt die Energie, wohin geht sie? Was macht mich glücklich, was erfüllt mich, was macht die Umgebung froh?"

Jeder hat seinen Platz. Aber gerade als Elternteil ist es wichtig, auch seine Zeit mit den Kindern zu leben. Das gelingt aber wenigen. Viele verzichten auf den ersten Platz und gehen freiwillig zurück auf den zweiten, um Zeit für die Familie zu haben. Aber das ist nicht richtig – da muss sich die Gesellschaft etwas einfallen lassen. Ich bin alleinerziehend und nehme meine Mutterrolle sehr ernst, dadurch habe ich meine natürlichen Pausen. Von 15 bis 19 Uhr habe ich die Kinder nach der Betreuung und normalerweise keine Termine.

Ich möchte wieder zurückkehren zu den Dingen, in denen ich gut bin. Die mir Kraft geben und sie mir nicht nehmen. Alles, was Zahlen betrifft, werde ich extrem klein halten, aber was Konzepte, Kunst und Musik betrifft, auch die Begegnung mit Menschen, das braucht Raum.

Mein Team weiß, dass ich nichts mehr zwischen Tür und Angel bespreche. Da sage ich jetzt Nein und wir vereinbaren einen Termin, zu dem jeder vorbereitet kommt. Jetzt gibt es klarere Strukturen. Ich konnte nicht weiterhin künstlerische Leiterin und meine eigene Sekretärin, Assistentin und Buchhalterin gleichzeitig sein. Diese Auszeit war nötig, um mich selbst neu zu strukturieren.

JUNGE LEBENSWELTEN

Mit der Digitalisierung sind die Jugendlichen echt arm dran, das merke ich auch bei meinen Kindern. Wenn ich Zeit für sie habe, wollen sie aber lieber ein Buch vorgelesen bekommen oder mit mir spielen als fernzusehen. Man sollte viel mehr investieren in Kinder, ihnen vieles anbieten, damit sie herausfinden können, wo ihr Talent liegt.

Jeder Jugendliche ist anders. Ich kriege Zugang zu ihnen, indem ich Interesse zeige, sie sozusagen dort abhole, wo sie gerade sind. Wenn ich jemanden nicht erreiche, muss

Menschen möchten Glück teilen, das sehe ich immer wieder.

ich eben zu ihm gehen und zum Beispiel fragen, welches Computerspiel er gerade spielt und ob er mir das erklären kann. Es gibt Jugendliche, die kommen zu mir und sind neugierig, und es gibt Jugendliche, die wollen nicht „abgeholt" werden, weil sie das noch nie erlebt haben. Denen hat noch niemand Interesse entgegengebracht.

GETEILTES GLÜCK

Menschen möchten Glück teilen, das sehe ich immer wieder. Manche erleben Glück, wenn sie ein Computerspiel spielen, andere, wenn sie sich ein neues Kleidungsstück kaufen. Mit Lob, Komplimenten, Respekt oder Interesse lockt man jeden aus der Reserve. Aber es muss authentisches Interesse sein. Einige Kinderpsychologen halte ich für pseudointeressiert. Sie behaupten, das Kind habe nicht kooperiert. Doch der Fehler liegt bei dem, der das Kind nicht abgeholt hat. Ich habe einmal mit angeblich schwererziehbaren Jugendlichen für die *Carmina Burana* einige Gesangs- und Chorstunden gemacht, die waren total dabei.

Ich glaube, es ist wichtig, dass man authentisch ist und auch von sich etwas hergibt. Oft wird Jugendlichen wenig Respekt entgegengebracht. Doch wenn ich von einer Sache ehrlich überzeugt bin, machen sie mit. Wenn ich mich für etwas begeistere, bin ich gut darin und auch erfolgreich. Nicht im Sinn von materiellem Reichtum, aber es kommt so vieles andere zurück, das gibt wieder Energie – es ist ein Perpetuum mobile.

ELISABETH FUCHS
Dirigentin und Orchester-Gründerin

1976 in Österreich geboren, aufgewachsen im elterlichen Gasthaus in Wartberg an der Krems. Sie besucht das Musikgymnasium und studiert bereits mit 14 Jahren Oboe am Brucknerkonservatorium Linz. Es folgen die Studiengänge für das Lehramt der Mathematik und Musik sowie Chor- und Orchester-Dirigieren.
Elisabeth Fuchs gründet mit 22 Jahren ihr eigenes Orchester, die *Junge Philharmonie Salzburg* – heute die *Philharmonie Salzburg*. Sie ist Gründerin und künstlerische Leiterin der Kinderfestspiele Salzburg, initiiert regelmäßig Lehrlingskonzerte und Crossover-Projekte. Von 2009 bis 2018 war Elisabeth Fuchs künstlerische Leiterin der Salzburger Kulturvereinigung und lässt immer wieder international als Gastdirigentin aufhorchen. www.elisabethfuchs.com

5

GABRIELE GMEINER

Venedig ist meine Bühne

Gabriele Gmeiner wollte raus aus der kleinen Welt Vorarlbergs und Schuhmacherin werden. Nach Stationen in London, Paris und Japan landet sie in Venedig und schätzt heute jene kleine Struktur, aus der sie einst geflohen ist. Von magischen Momenten, der eigenen Werkstatt und der Intimität von Füßen.

In den Jugendjahren hatte ich die Idee, Skulpturen zu machen, also die Bildhauerei zu erlernen. Aber weil ich nicht aus einer Künstlerfamilie komme, habe ich mich für angewandte Kunst entschieden. Damals habe ich eine aufwendige Philosophie konstruiert – der Schuh als Fundament der heutigen Gesellschaft oder so.

Heute erzeuge ich Objekte, die den Menschen nahestehen. Schuhe machen hat sehr viel mit Bildhauerei zu tun, weil ich ja den Leisten in die Maßform bringe, also eine Art Porträt des Fußes anfertige. Es ist ähnlich wie bei Instrumenten, die müssen gut klingen – und der Schuh muss gut passen. Ich stelle nicht nur etwas ästhetisch Ansprechendes

Füße sind etwas sehr Privates, da braucht es Vertrauen, wenn ich sie angreife.

her, sondern spiegele die Wünsche und den Charakter des künftigen Schuhträgers wider, damit er sich wohlfühlt.

Um dieses Porträt zu schaffen, muss ich ganz stark auf den Kunden eingehen. Der Schuh soll ja getragen werden, ihn begleiten und nicht nur herumstehen. Es geht nicht um Kunst um der Kunst willen, sondern um etwas Angewandtes.

INDIVIDUELLE HINGABE

Das Kunsthandwerk befindet sich an der Grenze zwischen Kunst und Handwerk. Man kann sich die Füße auch mit 50 Euro bekleiden, man muss nicht 5 000 Euro ausgeben. Die Motivation für einen maßgefertigten Schuh kann Liebhaberei sein, oder man möchte sich eben etwas Gutes tun.

Das Maßnehmen dauert mindestens eine Stunde. Ich schaue mir die Füße meiner Kunden sehr genau an und mache Notizen. Es wird im Sitzen und im Stehen Maß genommen und über den Fuß gesprochen. Füße sind etwas sehr Privates, da braucht es Vertrauen, wenn ich sie angreife, deshalb ist die Beziehung auch sehr intim. Aber der Kunde weiß das, wenn er zu mir kommt.

Es ist ein magischer Moment, wenn ich den Fuß angreife und merke, dass ein Wohlbefinden da ist. Ich habe einen sicheren Griff, da kitzelt nichts. Es ist angenehm, das zu tun – und die Kunden genießen das.

HÜRDEN ZUM WUNSCHBERUF

Der herkömmliche Weg, das Handwerk zu erlernen, indem man eine Lehre macht und irgendwann die Meisterprüfung, war voller Hürden. Ich war bei zwei Schuhmachern in Wien, aber die wollten beide keine Mädchen aufnehmen. Dann habe ich von einer Schule in England mit einem Fulltime-Kurs über zwei Jahre erfahren, das war mein Weg und eben nicht der herkömmliche.

Die Werkstatt, wie sie jetzt ist, habe ich gar nicht gesucht, sie ist entstanden. Die Umstände waren so, dass ich das, was sich angeboten hat, genommen habe. Es war eine gemeinschaftliche Entscheidung, das war nicht nur ich, die einen Plan durchsetzen wollte. Da waren Freunde und Bekannte in Venedig, die ich während einer früheren Mitarbeit bei einem Maßschuhmacher kennengelernt hatte. Die wollten mich fördern, mich dorthin holen. Ich habe diese Welle einfach angenommen und mich tragen lassen.

BANKER, KÜNSTLER UND PRINZEN

Es ist mir völlig egal, ob meine Kunden prominent sind – Fuß ist Fuß, Mensch ist Mensch. Ich mag es, wenn die Menschen ganz spezielle Wünsche haben, wenn sie mitarbeiten möchten, wenn wir zum Team werden. Dann kann ich dieses Porträt schaffen, wirklich für den Kunden arbeiten bis ins Detail. Der Kunde, der mich in meiner kleinen Werkstatt in Venedig findet, sucht keine große internationale Marke, sondern genau so etwas, diese spezielle Behandlung. Ich glaube, dass sie wesentlich besser ist als in anderen Häusern, weil die Beziehung und das Drumherum anders sind.

Meine Schuhe liegen preislich über dem Durchschnittsbudget von Italienern, ich habe kaum Kunden aus Venedig. Gerechnet auf 80 Arbeitsstunden für ein Paar Maßschuhe sind meine Preise nachvollziehbar, und seit die Preisliste auf der Homepage ist, muss ich mich weniger oft rechtfertigen. Der Italiener würde gerne verhandeln und Spezialpreise vereinbaren, das macht er mit Handwerkern immer so. Aber da geht nichts und das wissen die Venezianer mittlerweile.

GUT IM FLUSS

Jeder Handgriff in der Werkstatt an sich ist schön, wenn man gut in die Arbeit reinkommt, wenn dieser *Flow* entsteht, aber das passiert nicht immer. Es kommen Dinge von außen auf mich zu und ich muss an vieles denken. Je mehr ich zu organisieren habe, umso weniger entsteht dieser *Flow*. Aber er stellt sich immer wieder ein und das sind schöne Momente.

Ein regelmäßiges Leben hilft dabei, leichter in diesen Zustand zu kommen. Der Körper, das ganze System, stellt sich auf einen Rhythmus ein und wenn es gelingt, mir diesen Raum zu schaffen, kann ich gut eintauchen. Vor zwanzig Jahren hätte ich das wahrscheinlich nicht gekonnt, da war das Leben viel zerstreuter und ausschweifender.

Um sich zu konzentrieren, muss man den Blick nach innen richten. Sich Freiraum schaffen und sich abgrenzen in gewisser Weise. Das ist auch ein Lernprozess. Wenn Lehrlinge nach etwa einem Jahr selbstständig genug sind, entsteht wieder diese Ruhe und Räume tun sich auf.

SONDERFALL ITALIEN

Die wirtschaftliche Situation in Italien ist sehr schwierig. Das ganze Land leidet darunter. Die Steuerlast ist hoch und es funktioniert einfach vieles nicht. Der Staat hat große finanzielle Probleme und braucht die Unterstützung seiner Bürger. Die Schuldenlast von Italien ist extrem, die Banken sind am Limit.

In Italien gibt es das Handwerk, wie ich es ausübe, nicht mehr als eigene Kategorie. Der Staat ist darauf nicht mehr eingestellt. Es gibt bei der Lehrlingsausbildung keine Struktur wie in Deutschland, Österreich oder Frankreich. Bei meiner Steuererklärung muss ich Fragebögen ausfüllen, die eigentlich für die Industrie gemacht sind.

Das Handwerk in Italien ist in der Nachkriegszeit umgemodelt worden in kleine, mittlere und große Industrien – das hat dem Staat Wohlstand gebracht. Was vorher die kleinen Handwerker waren, mit einem Garten hinter dem Haus, sind jetzt kleine oder mittelgroße Betriebe.

Wenn ich sage, ich brauche Unterstützung, weil ich Lehrlinge ausbilde, heißt es: „Nein, da gibt es nichts." Aber wenn ich Maschinen kaufen möchte, bekomme ich Unterstützung.

Die Schwierigkeit war immer, Mitarbeiter zu finden, die bleiben. Ich habe von Anfang an mit Lehrlingen zusammengearbeitet. Die kommen und gehen wieder. Das sind junge Menschen, die wollen ihre Erfahrungen machen und ziehen dann weiter, so habe ich das auch gemacht. Ich hätte gerne einen permanenten Mitarbeiter. Aber sowohl meine Kunden als auch meine Lehrlinge kommen aus dem Ausland.

GLEICHMUT UND GLÜCK

Man muss kämpfen und viel streiten in Venedig. Das lernt man, mittlerweile kann ich das. Ich werde immer gleichmütiger, aber auch Gleichmut will gelernt sein. Wo ich heute gleichmütig bin, war ich früher stur. Das gehört dazu, um sich auf diesen Wettbewerb einzulassen. Aber die Erfahrung ist: Es geht. Und es geht weiter. Am Anfang war die Angst: „Oje, heute ist das Geld nicht da, wann kommt es, wie werde ich es schaffen?" Aber irgendwie geht es immer.

Glücklich machen mich glückliche Kunden. Das ist meine Hauptmotivation: die Kunden wirklich glücklich zu machen. Jeder Künstler hat das – er produziert etwas, stellt seine Werke aus, gibt sehr viel von sich selbst. Und wenn das geschätzt wird, ist es das größte Glück. Es ist auch ein Glück, dass ich das machen, davon leben kann. Das ist eine schöne Bestätigung.

Ich liebe es Schuhe zu machen, spüre die Herausforderung noch immer. Ein Glück ist es auch, dass ich jetzt mit meinem Sohn und Mann ein Familienleben habe und die Werkstatt machen kann. Giacomo war in seinem ersten Lebensjahr bei mir in der Werkstatt, das war wunderbar.

Von der Arbeit habe ich seit Monaten ein Ziehen in der Schulter, da sollte ich mich mal darum kümmern und einen Experten zurate ziehen. Ich habe bei der Arbeit eine blöde Bewegung gemacht, da ist es wieder schlechter geworden. Handwerk bedeutet körperliche Arbeit, man muss gut auf sich achten. Ich glaube, meine Zeit der Schwerarbeit geht langsam zu Ende und ich werde etwas abgeben an die Mitarbeiter.

PIONIERGEIST

Ich habe das Selbstständigsein schätzen gelernt. Niemand aus meiner Familie war je selbstständig, ich musste mir vieles selbst beibringen. Es hat einige Vorteile, angestellt zu sein, aber ich möchte nicht tauschen. Ich finde, es ist etwas Gutes, sich so dem Leben zu stellen. Nicht passiv zu sein, sondern auch Schwierigkeiten in Kauf zu nehmen.

Niemand hat je gesagt, das Leben wird reibungslos über die Bühne gehen. Es ist auch etwas Schönes, Schwierigkeiten zu meistern. Die Müdigkeit zu überwinden und auf einen Berg raufzugehen – oben genießt man dann die Müdigkeit. Das ist den Menschen eigen, diese Herausforderungen immer wieder anzunehmen und ich glaube, das macht glücklich. Sich bemüht zu haben, etwas selbst gewählt und geschafft zu haben. Mir geht es sehr gut, ich habe zwar immer wieder Schwierigkeiten und finanzielle Engpässe, aber mir geht es gut. Ich habe vieles nicht, auch kein sicheres Gehalt – aber ich bin glücklich.

Es geht darum, das Glück, das da ist, zu akzeptieren, ohne an irgendwelchen Statussymbolen zu hängen. Ich habe kein Auto, aber ich mache Carsharing, also habe ich 20 Autos zur Verfügung. Das ist mein Fuhrpark – vom Lieferwagen bis zum Elektroauto. Es ist ein anderes Denken und ich glaube, es ist sehr zeitgemäß. Viele täten gut daran, sich die Ziele nicht nach alten Mustern zu setzen, sondern einfach den eigenen Weg zu finden.

PERFEKTE ARBEIT ALS REFERENZ

Ich habe noch nie Werbung gemacht. Diese pittoreske Stadt ist meine Vitrine, die Werkstatt entspricht dem romantischen Schuhmacher-Klischee und war auch schon Filmset.

In Venedig bin ich wie auf einer Bühne, ich nehme mit meiner Werkstatt eine Theaterrolle ein.

Meine Kunden reisen gerne nach Venedig, um dort ihre Schuhmacherin zu besuchen.

Bei mir kommen die Touristenmassen nicht vorbei. Der Mensch in der Masse ist ja wie eine Kuhherde, das ist ein Phänomen und das ist auch in Venedig so, aber das stört mich gar nicht. Venedig hat auch den Kulturtourismus, die Biennale und die Filmfestspiele, da kommen Interessierte jenseits der Massen.

Die Vorteile von Venedig liegen auf der Hand: Es ist wunderschön und relativ günstig im Vergleich zu anderen Städten, in denen es sonst noch Maßschuhe gibt – London und Paris sind von der Miete und vom Leben her wesentlich teurer. Hier in Venedig wird viel zu Fuß gegangen und die Kinder spielen auf der Straße, das ist schön. In einer halben Stunde sind wir am Lido, am Strand, das bedeutet wirklich eine gute Lebensqualität.

ZURÜCK ZU DEN WURZELN

Ich bin von Bregenz ausgewandert in die Welt, die Großstadt und die Anonymität. Dann bin ich einige Jahre später wieder zurückgekommen nach Bregenz und habe die Kleinheit neu schätzen gelernt. Mein Vorteil jetzt in Italien ist, dass ich eine Fremde bin. In Venedig bin ich wie auf einer Bühne, ich nehme mit meiner Werkstatt eine Theaterrolle ein.

Die Kleinheit von Venedig geht mir nicht so nahe wie die in Vorarlberg, dort musste ich mir Freiheiten schaffen für meine Persönlichkeit. In Venedig habe ich viele Freiheiten, weil ich ja nur eine Rolle spiele. Damals in Vorarlberg hatte ich, wie viele Jugendliche, den Wunsch mich loszulösen. Dieser Prozess muss stattfinden. Das war bei mir ganz stark, nicht nur die Loslösung von den Eltern, sondern von dem ganzen Umfeld. Das haben viele Vorarlberger, weil es auch universitär kein Angebot gibt, aber da hat sich schon viel geändert.

In Venedig sitze ich in meiner Werkstatt wie eine Spinne im Netz und habe Ausblick auf den ganzen Platz. Ich mache jetzt genau das, was mich früher bei anderen so aufgeregt hat: andere beim Leben beobachten. Inzwischen genieße ich diese Kleinheit und habe auch viele Schlüssel aus der Nachbarschaft zur Aufbewahrung. Jetzt ist es mir egal, wenn über mich geredet wird – das war früher in Vorarlberg anders. Nun habe ich dazu mehr Distanz, das geht mir nicht mehr nahe.

SOMMERJOB SALZBURGER FESTSPIELE

Im Sommer bin ich einen Monat bei den Salzburger Festspielen und leite die Schuhmacher-Werkstatt. Meine Tätigkeit dort ist eine willkommene Abwechslung und ein Berührungspunkt mit meiner Heimat und mit der Kultur. Es ist zwar ein bisschen komplizierter mit Kind, das alles zu organisieren, aber es ist wichtig für Giacomo, zu wissen, dass er Österreicher ist.

In Italien schaffe ich es nicht, Deutsch mit ihm zu sprechen, weil es zu sehr aus dem Zusammenhang fällt. Aber wenn er in Österreich ist, quasselt er viel auf Deutsch oder im Vorarlberger Dialekt mit der Oma. Ich hoffe, dass er eines Tages an einem Opernworkshop für Kinder teilnehmen kann. Dann macht er was Schönes im Rahmen der Festspiele – und ich mache auch was Schönes.

Bei den Festspielen ist meine Aufgabe der Kontakt mit den Produktionsleitern und den Künstlern, um Maß zu nehmen. Ich richte den Leisten und die Schnittmuster her und gebe die Arbeitsaufträge an meine vier Mitarbeiter weiter. Dann nehme ich das fertige Produkt in Empfang und gehe damit zur Anprobe. Diese Zeit ist völlig anders als meine sonstige Arbeit, es geht quirlig zu und für absehbare Zeit mag ich das. Und ich genieße es, angestellt zu sein. Schwierigkeiten berühren mich da gar nicht, das zieht alles an mir vorüber.

GESAMTKUNSTWERK KULTUR

Diese 60-Stunden-Wochen im Sommer zehren natürlich, aber der eigentliche Lohn meiner Arbeit ist es, die Aufführungen zu erleben, Teil dieses großen Gesamtkunstwerks zu sein. Zu sehen, wie sich die verschiedenen Elemente zusammenfügen – von den Sängern über die Assistenten bis hin zum Schuh – das ist fantastisch. Die Musik ist wirklich Spitzenklasse, das genieße ich alles sehr, denn abgesehen von Schuhen begeistert mich die Musik.

Mein Lehrling in Venedig, den ich mitgenommen habe zu den Salzburger Festspielen, hat gestaunt, wie viele junge Menschen dort tätig sind. Das ist in Italien nicht so, hier gibt es eine Art Klüngelwirtschaft, die auf Verwandtschaftsbeziehungen basiert. In Italien herrscht eine große Jugendarbeitslosigkeit, das geht Hand in Hand damit, dass junge Leute, bis sie 30 Jahre alt sind, zu Hause leben.

Ich sehe die jungen Menschen in Italien in großen Schwierigkeiten. Es gibt wenige, die den Mut haben, rauszugehen und etwas aus sich zu machen. Mut und Sturheit sind auch sozial bedingt. Man braucht eine gewisse Sturheit, um durchzuhalten. Wer diese Sturheit in sich fühlt, sollte sie umsetzen und dranbleiben. Ich würde es vielen Italienern wünschen, dass sie von zu Hause weggehen und einfach machen. Vielleicht habe ich mich auch deshalb durchgesetzt, weil ich eine andere Kinderstube gehabt habe, die mir Selbstsicherheit gegeben hat.

Ich habe in Italien umgesetzt, was ein Italiener sich nicht trauen würde. Manche wundern sich darüber, und einigen jungen Leuten kann ich als Vorbild dienen. Die Venezianer sind stolz auf mich, die mögen, was ich mache und haben mich sozusagen adoptiert.

GABRIELE GMEINER
Maßschuhmacherin

Die Vorarlbergerin wird 1972 geboren und wächst in Wolfurt bei Bregenz auf. Nach ihrer Ausbildung am *Cordwainers College* in London und Stationen bei John Lobb, dem renommierten britischen Hoflieferanten, bei dem Luxusunternehmen Hermès in Paris und Rolando Segalin in Venedig geht sie für ein Kunstprojekt nach Japan.
2002 kehrt die Maßschuhmacherin nach Venedig zurück und eröffnet am Campiello del Sol im Stadtteil San Polo eine eigene Werkstatt. Mit ihrem Mann und Sohn Giacomo lebt sie in der Nähe ihrer Maßschuhmacherei. Einen Monat im Jahr arbeitet Gabriele Gmeiner als Chefin der Schuhwerkstatt bei den Salzburger Festspielen. www.gabrielegmeiner.com

6

RALPH CASPERS

Eigentlich bin ich Klugscheißer

Der Autor und Moderator Ralph Caspers erklärt TV-Zusehern regelmäßig in Sendungen wie *Wissen macht Ah!* die Welt – und hat selbst größten Spaß bei der Suche nach Antworten auf lebensnahe Fragen. Von der Legitimation einfach rumzuhängen, aktuellen Erkenntnissen zur Größe von Schokotafeln und warum einen Auf-die-Nase-Fallen weiterbringt.

Ich bin grundsätzlich neugierig auf die Welt und mir gehen die Ideen nicht aus. Mich begeistern ganz unterschiedliche Dinge, es gibt keinen Fachbereich, der mich nicht interessiert. Das können auch ganz profane Sachen sein: Kürzlich habe ich herausgefunden, dass diese kleinen Schokoladentafeln[5], die man sich normalerweise auf Brötchenhälften legt und die immer zu klein sind für ein Brötchen, genau auf Butterkekse passen. Jetzt weiß ich endlich, warum die so groß sind, wie sie sind. Das ist keine bahnbrechende Erkenntnis, aber manchmal kommen Sachen zusammen, bei denen ich das Gefühl habe: Das liegt ja auf der Hand – und so etwas begeistert mich.

Im Grunde habe ich von nichts Ahnung. Das ist ja das Schöne, ich kriege bei meiner Arbeit für die Sendungen jedes Mal was Neues mit. Ich habe kein wissenschaftliches Studium gemacht, ich war an einer Kunsthochschule und komme also aus einer ganz anderen Richtung. Deshalb sehe ich die Sachen vielleicht ganz anders als jemand, der wissenschaftlich gearbeitet hat. Dadurch habe ich kein Problem damit, etwas populärwissenschaftlich zu präsentieren oder so, dass Leute Spaß daran haben. Ich mache ja Fernsehen – und Fernsehen ist in erster Linie Unterhaltung. Wenn mich etwas langweilt, dann gucke ich das nicht. Die Sachen, die ich mache, mache ich hauptsächlich für mich, ehrlich gesagt.

Den Dingen auf den Grund zu gehen, wissen zu wollen, wie etwas funktioniert, ist für mich nicht anstrengend. Aber es ist für diejenigen anstrengend, mit denen ich rede. Weil ich Experten, die immer in ihrem Jargon sprechen, frage: Was heißt das eigentlich?

Wenn man eine Fremdsprache spricht oder eine Sprache nicht in der Schule mit Vokabelheft gelernt hat, sondern in dem Land, in dem sie gesprochen wird, kennt man die Bedeutung von Vokabeln und Sätzen, kann das aber nicht immer eins-zu-eins übersetzen. Die Bedeutung und das deutsche Wort für etwas sind zwei Paar Schuhe. So geht es mir oft bei Experten. Sie sagen Sachen und kennen die Bedeutungen, wissen ganz genau, was es eigentlich heißt, können es aber nicht in eine Sprache übersetzen, die ich verstehe. Das ist dann sehr anstrengend – meistens für die Experten, Professoren und so. Aber ich bleibe dran und gebe nicht auf, wenn ich mich mit diesen Leuten unterhalte.

ABSICHTLICH ABGESTUMPFT

Ich glaube, vielen Kindern wird beigebracht, stumpf zu werden. Ich habe einmal ein Buch gelesen von Ken Robinson, der sich mit Kreativität beschäftigt und darüber forscht. Er fragte Erstklässler in der Schule, wer sich für kreativ halte. Da gingen alle Hände hoch. Fragte er in der zwölften Klasse, gingen nur zwei Hände hoch. Das bedeutet, irgendetwas muss in diesen zwölf Jahren passiert sein. Das ist doch traurig.

Viele Lehrer wissen gar nicht, was für eine Macht sie eigentlich haben. Den meisten ist wahrscheinlich nicht bewusst, wie viel sie kaputtmachen und wie viel sie lostreten können. Wenn sie sich daran erinnern, warum sie sich einmal für ein Fach begeistert haben, und das dann versuchen weiterzugeben an die Schüler, ist das die halbe Miete. Es geht darum, das Potenzial in jedem Menschen zu entdecken und auch zu akzeptieren, dass nicht alle die gleichen Fächer toll finden, sondern dass es Vorlieben gibt.

Es ist in Ordnung, dass wir unterschiedlich sind und nicht alle Mathe-Genies sein werden. Das wird oft so absolut gemessen in der Schule, es ist echt schade, dass es das Leben der Schüler unnötig schwer macht. Man muss vieles ausprobieren, um zu erfahren, was einem gefällt – und vor allem, was einem nicht gefällt.

> Selbst wenn man auf die Nase fällt, ist es eine Bewegung nach vorne und besser als auf der Stelle zu treten.

Keine Fehler machen zu dürfen und nur dann, wenn man etwas richtig macht, macht man's gut – das ist doch total doof. Man lernt ja durch Versuch und Irrtum und nicht durch Versuch und Alles-richtig-Machen. Auch beim Fernsehen, bei meiner Arbeit, ist es ja nicht so, dass Leute sterben würden, wenn ich mal eine schlechte Sendung mache, sondern das ist eine von vielen Sendungen und die nächste steht schon vor der Tür.

Jeder Tag ist ein neuer Versuch, man kann da nichts falsch machen. Selbst wenn man auf die Nase fällt, ist es eine Bewegung nach vorne und besser als auf der Stelle zu treten. Scheitern gehört dazu, genauso wie Peinlichsein. Man gewöhnt sich ans Peinliche – das kann ich sehr gut und das entspannt ja auch.

SCHNITTMENGE GESUCHT

Es gibt eine große Menge an Dingen, die man gerne macht und eine große Menge an Dingen, die man gut macht – das muss nicht unbedingt das Gleiche sein, aber es gibt eine Schnittmenge. Um darin etwas zu finden, muss man vieles ausprobieren, dann ergibt sich der Rest von ganz alleine. Dafür ist es gut, wenn man kein Ziel hat. Ich habe keinen Fünfjahresplan wie viele andere Menschen. Das ist manchmal ein bisschen unangenehm, aber es sorgt dafür, dass man sieht, was sich so alles abseits des Weges ergibt. Und das ist auch ganz schön.

Für mich ist alles eine Inspirationsquelle. Als ich angefangen habe zu studieren, hat jeder Student an der Hochschule eine Codekarte bekommen. Mit der konnten wir jederzeit alle Geräte benutzen. Wenn man arbeiten wollte um drei Uhr nachts, konnte man zur Hochschule gehen und arbeiten. Eben dann, wenn einen die Muse küsste. Die hatten so viele tolle Geräte, wenn man alles ausprobieren wollte, hätte die Regelstudienzeit wahrscheinlich nicht dafür gereicht.

DAS NICHTS ALS QUELLE

Damals war Siegfried Zielinski Rektor der Hochschule in Köln, er hat bei der Begrüßungsveranstaltung eine Rede gehalten und gesagt: „Wir haben die bestausgestattete Hochschule und ihr könnt euch hier im Grund totarbeiten – aber das Wichtigste ist, dass ihr regelmäßig die weiße Wand anstarrt und nichts tut." Das kam mir total entgegen, ich hatte endlich die Legitimation rumzuhängen und das fand ich großartig. Deshalb mache ich das auch nach wie vor.

Es gibt oft Momente, in denen man mich nicht tippen hört, obwohl ich eigentlich schreiben sollte. Doch schreiben ist ja nicht nur tippen, da arbeitet ja auch ganz viel im Hinterkopf. Wenn ich irgendwo nicht weiterkomme, dann mache ich etwas anderes. Irgendwann macht es dann „klick" und ich kann mich wieder hinsetzen und weiterschreiben. Klar gibt es Tage, an denen es schwerer fällt als sonst, aber so etwas wie Schreibblockaden kenne ich nicht.

EINER IST BESSER ALS KEINER

Wenn mich etwas interessiert, interessiert es wenigstens einen Menschen und das ist schon mal besser als gar keinen.

Ich kenne ja nur mich, ich weiß nicht, was die anderen toll oder interessant finden. Der einzige Mensch, den ich kenne – und sich selbst zu kennen ist schon schwer genug – bin halt ich.

Wenn es mir nicht gefällt, kann ich nicht davon ausgehen, dass es anderen gefällt. Deshalb kann ich nur Sachen machen, die mir gefallen und auch nur so machen, wie sie mir gefallen. Das funktioniert bestens – aber ich weiß nicht, ob das nur ein glücklicher Zufall oder die Lösung ist. Ich mache halt, was ich so mache – aber ich wüsste jetzt nicht, wie ich das richtig bezeichnen würde. Eigentlich bin ich Klugscheißer, damit verdiene ich mein Geld.

Ich habe bei Shows oder Vorträgen immer ein sehr offenes und mir zugewandtes Publikum. Meistens sind die Leute, die kommen, ja freiwillig da und dann ist's ganz leicht, sie zu begeistern. Ich erzähle Sachen, die ich selbst toll finde, und dann schwappt das automatisch rüber. Aber ich weiß nicht, wie es wäre, wenn die Leute von ihrer Grundhaltung erst einmal sagen würden: „Ich habe keinen Bock, hier zu sitzen."

IDEENERNTE

Manchmal kommt eine Idee ganz von selbst, dann schreibe ich sie auf für später, und manchmal fange ich einfach an zu schreiben, und die Idee stellt sich automatisch ein. Das ist so wie mit dem urtypischen Kreativsein: Man nimmt zwei Sachen, die es bereits gibt, mischt die zusammen und dann kommt was Neues raus.

Es ist ja nie so, dass man die Welt neu erfindet, sondern man nimmt, was man so sieht und bringt Dinge zusammen, die man vorher noch nicht zusammengebracht hat. Das heißt, man muss sich hinsetzen oder zumindest offen sein und gucken, was kann ich jetzt benutzen, was passiert?

Manchmal sind's blöde Sachen, wenn zum Beispiel die Autokorrektur aus dem Wort Internet „Internat" macht, aber dann entwickle ich einen kleinen Witz daraus. So hat man eben keine Internet-Adresse, sondern eine Internat-Adresse und es entsteht automatisch etwas. Dann überlege ich, wie könnte ein *Wissen-macht-Ah!*-Internat aussehen? Und wie fürchterlich wäre das? So kommt eines zum anderen.

Man muss, glaube ich, den Tunnelblick ablegen und gucken, was sich links und rechts vom Weg ergibt. Das ist wie so ein Bewusstseinsstrom: Es kommt was und dann assoziiert man und kommt vom Hölzchen aufs Stöckchen und so geht's immer weiter, das hört gar nicht auf. Und wenn es aufhört, dann nimmt man das Aufhören als Ding und macht daraus was. Das ist ja das Tolle – man kann aus allem etwas machen.

Das Schöne an meinem Beruf ist, dass ich nicht eine Papierablage durcharbeiten muss, die niemals endet, sondern ich setze immer noch einen drauf und wenn der „Turm" umkippt, habe ich wieder was. Das ist wie spielen. Man baut was auf, macht es kaputt und baut's wieder auf – und dann ist es etwas ganz anderes. Macht's wieder kaputt und so geht's immer weiter. Ich weiß, dass es total luxuriös ist, so zu arbeiten und natürlich gibt's auch Tage, an denen ich alles ätzend finde, aber grundsätzlich ist es echt toll.

Ich wollte früher Design studieren und habe mir überlegt, was die Prüfungskommission in der Mappe sehen möchte. Ich habe versucht, deren Geschmack zu treffen – das hat nicht geklappt. Damals wusste ich noch nicht, was wichtig ist. Klar gibt es auch heute Ideen, mit denen keiner was anfangen kann. Aber wenn ich davon überzeugt bin und es schaffe, das mehr oder weniger umzusetzen, wie ich es mir vorgestellt habe, ist es oft so, dass dann die Leute sagen: „Ach so, ja, das ist interessant!"

GELIEBTES CHAOS

Früher war ich fast sauer, wenn Sachen nicht so funktioniert haben, wie ich mir das vorgestellt hatte. Mittlerweile weiß ich, man muss Kompromisse eingehen können und es ist okay, wenn etwas nicht so läuft, wie ich es mir ausgedacht habe. Weil morgen gibt es einen neuen Versuch. Und danach wieder, und es geht immer so weiter.

Hundertprozentig perfekt wird man es nie machen können, das ist aber total in Ordnung. Ich fühle mich sowieso am wohlsten, wenn das, was ich mache, am Chaos entlangschrammt oder darin endet. Wenn Sachen ungeplant passieren, wenn im Grunde alles zusammenbricht, das finde ich immer am besten, das macht mir am meisten Spaß.

Nein sagen ist total wichtig. Wenn man zu allem Ja sagt, kriegt man nichts erledigt. Wenn ich nicht aus ganzem Herzen: „Ja, das finde ich gut, das mache ich", sagen kann, dann ist es ein Nein. Weil es ist sowieso schon zu viel, was ich mache und insofern muss ich regelmäßig Nein sagen. Das ist auch das Schwierigste, was man lernen kann.

RALPH CASPERS
TV-Moderator, Autor und Schauspieler

1972 im Dschungel von Borneo geboren. Ist im deutschsprachigen Fernsehen vor allem durch Sendungen wie *Die Sendung mit der Maus, Wissen macht Ah!* sowie *Du bist kein Werwolf – Über Leben in der Pubertät* bekannt geworden. Ralph Caspers ist außerdem Botschafter für die UN-Dekade *Biologische Vielfalt*, unterstützt das Wahlprojekt *Kinder- und Jugendwahl U18* und begeistert regelmäßig auf Veranstaltungen wie der *Tincon* (Teenage Internetwork Convention) junge Leute für aktuelle Themen.
Als Autor verfasst Ralph Caspers Drehbücher für seine Sendungen sowie Bücher rund um Wissen oder Familie. 2016 agierte er erstmals als Schauspieler im Kinofilm *Robbi, Tobbi und das Fliewatüüt*. www.ralphcaspers.de

7

BARBARA BONNEY

Routine ist mein neues Glück

Als lyrischer Sopran hat Barbara Bonney Weltkarriere gemacht, mit ihrer Boutique erfüllt sie sich einen langgehegten Traum. Von der Freude am Handwerk, der Begeisterung für Qualität und dem Genuss, im Alltag eine klare Struktur zu haben.

Ich habe mein Leben lang genäht und mit den Händen gearbeitet. Ich habe gehäkelt, gestrickt und Patchwork gemacht – das war meine Leidenschaft. Sängerin zu sein war lange Zeit mein Beruf, aber eigentlich habe ich das nicht selbst ausgewählt, sondern ich wurde entdeckt und bin da hineingerutscht. Das mit dem Singen ist einfach passiert und war sehr schön.

Jetzt, da ich nicht mehr singe, möchte ich trotzdem kreativ bleiben. Unterrichten ist zwar auch kreativ, aber nicht handwerklich. Ich wollte einfach mit Stoffen und Farben arbeiten – so bin ich zu meiner Boutique gekommen. Nun lebe ich jene Begeisterung aus, die ich schon in jungen Jahren gespürt habe.

VON DER BÜHNE ZUR BOUTIQUE

In meiner Zeit als Sängerin habe ich viele Farben verwendet, daher ist mir das Bunte wichtig. So ein Patchwork-Rock aus lauter verschiedenen Stoffen spricht mich sehr an. Ein schwarzes Kleid ohne Details ist zwar nett und bestimmt praktisch, aber Buntes hat einfach mehr Ausdruck.

Ehrlich gesagt bin ich sehr froh, dass ich nicht mehr singe. Diese ewige Reiserei, die Einsamkeit, immer kämpfen zu müssen, all der Stress und Druck. Oder die Steuer, es ist so irre kompliziert, was man alles machen muss, um international auftreten zu dürfen – gut, dass es vorbei ist. Das hier, meine Boutique, ist auch nicht ohne Pflichten, aber ich finde es viel angenehmer so.

Heute macht mich Routine glücklich. Die hat mir mein Leben lang gefehlt. An *einem* Ort zu leben, in *einem* Bett zu schlafen, Freunde um sich zu haben. Das Leben ist jetzt viel einfacher. Ich freue mich richtig, dass ich die Türe zur Bühne zugemacht habe und genieße diese klare Struktur sehr. Jetzt wohne ich im Salzkammergut, habe einen Badestrand und einen kleinen Garten – das ist fantastisch, auch für meinen Hund. Es ist einfach wichtig, eine gute Atmosphäre um sich zu haben.

Eigentlich bin ich ziemlich scheu und darum freue ich mich darüber, dass mich die Leute auf der Straße nicht mehr so wahrnehmen wie früher. Was mir am besten gefällt, ist, wenn ich mit meinem Hund *Mr. Happy Kleid* durch den Mirabellgarten gehe und die Leute mich fragen, ob sie ein Foto machen dürfen. Ich sage, ja, okay ... – und dann fotografieren sie nur den Hund. Das finde ich sehr schön!

EIN ROCK
WIE MUSIK

> Denn wenn man versucht, die Harmonie zu finden, wird es langweilig.

Meine Vorliebe gilt dem Patchwork. Diese textile Tradition bedeutet eine unglaubliche Arbeit mit der Hand – und all diese Farben! Als ich ein Kind war, habe ich ein Klavier mit Wasserfarben bemalt, jede Taste anders. Für jeden Ton, den ich gespielt habe, habe ich eine Farbe gesehen. Wenn ich heute einen Patchwork-Rock mache und Farben dafür zusammenstelle, die sich richtig „beißen", sind sie mit Absicht nicht harmonisch abgestimmt.

Trotzdem ist das Ergebnis stimmig. Denn wenn man versucht, die Harmonie zu finden, wird es langweilig. Das ist wie in der Musik: Wenn es eine Dissonanz gibt, verlangt sie nach einer Résolution, einer Art Lösung. Darum bin ich Mozart-Sängerin geworden, weil ich diese Dissonanz bis zur Résolution so mag, das hat mein Leben sehr geprägt.

Die Disharmonie zwingt einen zur Harmonie. Und bei einem Patchwork-Rock ist es genauso: Es geht um eine entspannte Spannung. Das sage ich auch meinen Studenten immer – man kann nicht gelangweilt oder verspannt dastehen, es braucht eine Spannung im Körper, die aber entspannt ist, dann erreicht man sein Ziel.

MEHR FARBE
INS LEBEN

Ich kann alle Kleider und Röcke im Geschäft selbst nähen. Zwar habe ich das nie gelernt, aber schon als Kind damit angefangen. Meine Schwester hat genäht und ich habe mir das von ihr abgeschaut. Auch meine Konzertkleidung habe ich anfangs selbst genäht. Viele Jahre lang konnte ich nicht mehr nähen, weil ich so viel unterwegs war, aber jetzt geht das wieder. Es macht mir einfach Spaß und ich fertige drei bis vier Kleidungsstücke in der Woche.

In Salzburg sind die Damen sehr sportlich gekleidet. Diese sportliche Eleganz ist schön und viele Frauen sind recht schlank. Ich selbst genieße es inzwischen, Kleider zu tragen, die bequem sind. Ich wundere mich aber, dass so viel Beige, Grau und Schwarz getragen wird. Diese wunderbare Stadt ist so schön und so barock, da würde ich erwarten, dass die Menschen viel farbenfroher sind.

Vielleicht kann ich sie noch überzeugen, ein bisschen mehr Farbe ins Leben zu bringen – Dirndlkleider sind ja auch so schön bunt. Aber die meisten Leute tragen Jeans und dazu Beige, ich glaube, das ist von der Jagd geprägt. Von dort kommen all diese Erdtöne und der Versuch, nicht aufzufallen. Wenn man sich die alten Trachten anschaut, ist auch vieles in gedecktem Grün und Beige, alles sehr gedämpft.

ANDERS ALS ANDERE

Ich habe viele Jahre in Schweden gelebt, dort habe ich immer wieder gehört: „Warum strengst du dich so an, du bist nicht besser als die anderen." Woher kommt dieser Satz, warum darf sich niemand mit seiner Begabung als etwas Besonderes zeigen? Das war für mich schwer zu verstehen.

Die Schweden sind sehr erfolgreich, trotzdem sollte man dort nicht aus der Menge herausragen. Ich habe mich dadurch immer ein bisschen zurückgehalten gefühlt. Denn mein Ziel ist es, in allem was ich tue, eine Qualität anzubieten, die andere Menschen begeistert. Und ich lasse mich auch gerne von anderen, die sich anstrengen und etwas Besonderes schaffen, begeistern.

Als Solistin freut man sich natürlich, wenn das Publikum seine Begeisterung zeigt. Aber im Opernbetrieb ist es meistens ein Ringen darum, wer die Vorstellung „gewonnen" hat. Das ist für mich immer problematisch gewesen. Für mich entsteht Begeisterung, wenn man Qualität genießt oder sie schätzen kann.

Begeisterung im echten Leben erfahre ich eher selten. Vielleicht in einem Meisterkurs, aber das ist wieder eine Art von Bühne. Bei Gesangsstunden ist es natürlich erfreulich, wenn Sänger große Fortschritte machen und ihre Dankbarkeit ausdrücken, das macht mir richtig Spaß.

ENDLICH BLEIBEN

Ich habe in Salzburg studiert und wusste nach meiner zweiten Scheidung nicht wohin. Nach Schweden wollte ich nicht mehr, mit London hatte ich auch abgeschlossen, also habe ich Reinhart von Gutzeit, den damaligen Rektor des Mozarteums, angerufen und gefragt, ob er eine Stelle in Salzburg für mich hat. Seine Antwort war: „Nein, aber ich schaffe eine, denn es ist mir wichtig, dass Sie hier im Hause sind." Er hat eine Gastprofessur für mich kreiert und daraus ist später eine unbefristete Stelle geworden.

Ich arbeite mit jungen Sängerinnen und Sängern. Mein Hauptthema dabei ist es, sich selbst treu zu bleiben. Man kann nicht ein anderer Sänger sein als der, der man eben ist. Die Stimme kann nicht größer sein als sie von Natur aus ist. Was viele Sänger letztlich kaputt macht, ist, wenn sie ihre Stimme so forcieren, dass sie sich nicht mehr schön anhört und irgendwann nicht mehr funktioniert. Dann singen sie vielleicht laut, aber nicht mehr schön.

Ich bin davon überzeugt, dass ein Publikum viel mehr angesprochen ist von einer schönen Stimme, die ihre ganz eigene Qualität hat, als von einer lauten. Ich suche immer nach einer Stimme, die der Musik dient.

ERFOLGSGEHEIMNIS INDIVIDUALITÄT

Ich bekomme immer wieder die Kritik zu hören, dass jeder in meiner Klasse anders klinge. Und ich sage: „Genau das ist mein Ziel, dass sich jeder Sänger individuell entfalten kann." Ich bin nicht dafür da, eine bestimmte Technik zu vermitteln und zu sagen, *wie* jemand zu singen hat, sondern ich versuche, jede Stimme in eine Balance zu bringen.

Jeder Sänger soll seine eigene Technik entwickeln, damit er sich für den Rest seines Lebens auf sich selbst verlassen kann. Damit er nicht immer zu anderen rennen muss, um Meinungen einzuholen und zu fragen, ob etwas richtig und gut ist. So entsteht nur eine große Verwirrung. Wir hören ohnehin jeden Tag Kritik von allen Seiten. Da muss man drüber stehen, an sich selbst glauben und wissen, dass das, was man macht, gut ist. Nur so kann man Erfolg haben und auch durchhalten.

Sänger bekommen viel Stress von verschiedenen Seiten, da muss man aufpassen, dass die Psyche nicht kaputtgeht. Eigentlich müsste man sich mental in eine rosarote Blase setzen, die durchsichtig ist und durch die man rausschauen kann – aber niemand kann einem wehtun. Diese Art von Schutzmechanismus versuche ich meinen Sängerinnen und Sängern zu vermitteln, das ist mir sehr wichtig.

Meine Eltern haben mich als Sängerin nie unterstützt. Nicht, weil sie das nicht wollten, sondern weil sie sich dafür nicht interessiert haben. Ich habe mein Studium selbst bezahlt und von niemandem etwas bekommen, ich habe alles alleine gemacht.

Jeder muss seine eigene Motivation mitbringen.

DER MUSIK DIENEN

Man merkt einfach, wenn ein Publikum richtig zuhört. Da kommt wirklich eine spürbare Energie zurück. Ich habe immer versucht, im Dienste der Musik zu sein. Es geht nicht darum, Stücke zu singen, weil sie einem als Sänger gut tun, sondern ich habe Stücke danach ausgewählt, ob ich sie gut präsentieren kann. Erzähle ich die Geschichte bestmöglich? Gefällt mir diese Musik? Kann ich Freude vermitteln, einen Heilungsprozess für das Publikum in Gang setzen? Denn das ist mein Job als Sängerin: mit der Musik dem Publikum und wieder der Musik zu dienen. Und das vermittle ich auch meinen Studenten.

In der Arbeit mit jungen Sängerinnen und Sängern kommt viel zurück. Manche sind bereit, das, was ich anzubieten habe, aufzunehmen. Sie nehmen diesen „Ball" auf und laufen damit, machen etwas daraus. Andere sind weniger motiviert. Ich finde, es ist nicht meine Aufgabe, eine Motivation zu kreieren. Jeder muss seine eigene Motivation mitbringen.

Ich kann nur versuchen, den Studenten in ihrer eigenen Motivation weiterzuhelfen. Wenn sie fertig sind, in die Welt hinausgehen und den Sprung in den Beruf schaffen, ist das der schönste Moment in diesem Prozess für mich, dann bin ich überglücklich. Viele schaffen es leider nicht.

KARRIEREVORTEIL ALS FRÜHAUFSTEHERIN

Meistens werde ich um fünf Uhr wach und stehe um sechs Uhr auf. Am liebsten sind mir Tage mit ein wenig Sonne und ein paar Wolken, das ist für mein Wesen sehr angenehm. Ich gehe mit dem Hund spazieren, unterrichte oder arbeite in meiner Boutique. Ich begegne verschiedenen Menschen, bin aber davon nicht überfordert. Abends gehe ich nochmals mit dem Hund, mache Hausarbeit, lese oder schaue noch ein bisschen fern. Um neun Uhr abends gehe ich schlafen – das ist für mich der perfekte Tag.

Ich glaube, ich habe deshalb eine große Schallplattenkarriere gemacht, weil niemand sonst bereit war, schon um zehn Uhr vormittags mit dem Orchester zu singen. Für mich aber war das die ideale Zeit. Ich habe gesungen, nachmittags zwei Stunden geschlafen und somit das Gefühl von zehn Uhr vormittags ein zweites Mal hergestellt. Das ist mein Lebensrhythmus.

SANFTES ABKLINGEN

Leider war meine Wahl der Ehemänner nicht besonders gut. Dieses Scheitern hat mir zwar eine Stärke gegeben, aber ich merke auch, dass ich müde bin. Ich lasse mein Leben jetzt ein bisschen langsamer und ruhiger werden. Ich finde, das muss jeder Mensch tun, der älter wird. Man kann nicht immer mit voller Kraft weitermachen. Ich habe sehr viele Jahre sehr viel gearbeitet. Jetzt genieße ich es, alles langsam abklingen zu lassen. Das tut mir gut.

BARBARA BONNEY
ehemalige Opernsängerin,
Gesangslehrerin und Boutique-Besitzerin

Die US-Amerikanerin wird 1956 in New Jersey geboren, lernt erst Cello und macht später als Opernsängerin Weltkarriere. Mit ihrer strahlenden Stimme gilt sie als eine der besten Mozart- und Strauss-Interpretinnen ihrer Generation. Sie ist Mitglied der *Königlich Schwedischen Musikakademie* und Gastprofessorin an der *Royal Academy of Music* in London.
Nach zwei gescheiterten Ehen lässt sie sich in Salzburg nieder, lehrt Gesang am Mozarteum und erfüllt sich mit ihrer Boutique *Bonney & Kleid* einen langgehegten Traum. Als Designerin und Geschäftsführerin kreiert, näht und verkauft sie Kleidungsstücke im Retro-Glamour-Stil der 1950er-Jahre, mit ihrer *Amateur Akademie* unterstützt sie talentierte Hobby-Sänger. Barbara Bonney lebt mit ihrem Hund *Mr. Happy Kleid* im Salzkammergut und freut sich, selbst nicht mehr im Rampenlicht zu stehen. www.bonneyundkleid.com

8

HILDEGARD MEUMANN

Sonst wäre das Leben doch grau

Hildegard Meumann könnte sich zurücklehnen und entspannt ihren Lebensabend genießen. Stattdessen besucht die ehemalige Gewandmeisterin jeden Sommer die Salzburger Festspiele, singt regelmäßig, erkundet auf Spaziergängen die Natur und spielt Hackbrett.

Mein Antrieb sind meine Interessen. Einerseits an der Musik, am Singen, andererseits an der Bewegung. Ich mag rhythmische Gymnastik, Yoga und Qigong und bin immer gerne geschwommen. Früher bin ich auf Berge gestiegen, jetzt gehe ich spazieren. Inzwischen ist auch die Naturbeobachtung dazu gekommen. Ich lebe mit einem sehr betriebsamen Mann zusammen, der als Freiberufler viel unterwegs war. Da war ich darauf angewiesen, mein Leben selbst zu gestalten – und das habe ich auch gemacht.

Früher bin ich durch eine internationale Frauenorganisation, die Freundschaftsclubs im Ausland hat, viel gereist. Wir sind öfter zu Wochenendveranstaltungen in den Osten gefahren, in den man sonst nicht hingekommen ist – nach Polen, Lettland, Litauen. In besonders guter Erinnerung habe ich Vilnius und Tauragė. Die Frauen dort waren enorm gastfreundlich und trugen alle Tracht, ganz anders als bei uns ...

LIEBER MIT DEN HÄNDEN

Ich habe ein musisch-werkliches Abitur gemacht, aber ich wollte nicht studieren, sondern etwas mit den Händen tun. Eigentlich wollte ich töpfern oder weben lernen, aber meine Mutter meinte: „Mach erst mal was, womit du auch Geld verdienen kannst." Sie war selbst im Kunstgewerbe tätig und wusste, wie schwer es ist, seine Arbeit zu vermarkten.

Ich war zwölf Jahre alt, als der Krieg vorbei war. Damals habe ich gesehen, wie die Frauen aus nichts etwas gemacht haben. Aus Militärkleidung wurden Mäntel, aus verschlissener Bettwäsche Nachthemden. Die Frauen kamen ins Haus und kriegten immer einen Teller Suppe. Da habe ich mir gedacht: Wenn du nähen kannst, kann dir nichts passieren.

Meine Lehre konnte ich zum Teil in der Textilingenieurschule in Krefeld machen. Der Modezweig wurde von Georg Muche, dem jüngsten Bauhaus-Lehrer, geleitet. Da gab es einen sehr guten Kostümkunde-Unterricht, der hat mich fasziniert: Warum haben die Menschen zu bestimmten Zeiten eine bestimmte Kleidung getragen? Was waren die Ursachen dafür, Zeitströmungen oder klimatische Bedingungen?

Das alles hat mich so begeistert, dass ich anschließend ein Jahr lang ein Praktikum am Schauspielhaus in Düsseldorf gemacht habe. Ich wollte sehen, ob mir die Theaterarbeit liegt. Damals habe ich zum Beispiel den Garderobendienst für *Maria Stuart* gemacht. Wenn ich die Schauspielerinnen umziehen musste, konnte ich im Dunkeln an der Bühne stehen, das fand ich toll! Wir hatten unter Karl-Heinz Stroux ein wirklich gutes Ensemble.

ABENTEUER VENEDIG

Während dieses Praktikums im Jahr 1957 fand in den Sommerferien ein Gastspiel in Venedig statt. Ich habe mich sofort gemeldet, da ich bereits einen Austausch mit einer italienischen Familie am Comer See geplant hatte. So konnte ich nach dem Gastspiel gleich weiterfahren. Im Winter zuvor hatte ich schon etwas Italienisch gelernt, und im darauffolgenden Jahr kam die Tochter dieser Familie dann nach Deutschland.

Von dieser Reise gibt es ein Fotoalbum, das ich kürzlich wieder entdeckt habe. Mich begeistert heute noch, was ich da erlebt habe. Venedig hat mich enorm beeindruckt, bei uns war ja damals noch nicht viel los. Ich habe das *Teatro La Fenice* lange vor dem Brand gesehen. Alles hinter der Bühne war aus Holz, einfach wunderschön, und wie das geduftet hat!

Damals wurden die Kostüme noch zu Wasser in Schließkörben zum Theater transportiert und sind dabei nass geworden. Die Vorstellungen waren spät am Abend. Nachts, wenn wir ins Hotel zurückgingen, war der Markusplatz in lilaschimmerndes Licht getaucht. Alles war ganz ruhig – ein Traum!

HÖREN BEIM LESEN

Meine Mutter ist mit meiner Schwester und mir schon sehr früh ins Theater gegangen, während der Vater am Schreibtisch saß. Als ich noch zur Schule ging und russische Literatur gelesen habe – Tolstoi und Dostojewski – hörte ich die Texte immer innerlich, als ob sie einer der Schauspieler sprechen würde. Ich konnte mir die Eigenarten der Stimmen gut vorstellen. Seit damals bin ich schauspielbegeistert, das Theater ist doch ein faszinierendes Metier!

In der Zwischenzeit hatte ich einen Zuschneidekurs gemacht und es ergab sich, dass die Oper Düsseldorf eine Gewandmeisterin brauchte. Die Häuser, Schauspiel und Oper, haben miteinander verhandelt und eins-fix-drei war ich in der Oper. Ich selbst war nicht so begeistert, weil ich das Schauspiel sehr liebte, aber es kam ja das Ballett dazu. Die Ansprüche an die Kostüme waren damals noch nicht so hoch wie heute.

Als die Gewandmeisterin des Schauspiels in den Ruhestand ging und ich wieder dorthin wechseln wollte, bin ich bis zum Intendanten gegangen. Der hat zu mir gesagt: „Wenn Sie verheiratet sind, können Sie auch nicht einfach mit einem anderen Mann gehen, da müssen Sie warten, bis Sie geschieden sind." Das war ein Wiener.

Nachdem mein Zweijahresvertrag an der Oper ausgelaufen war, bin ich für zwei Jahre auf die Modeschule in München gegangen, um die Meisterprüfung zu machen. Das war sehr

Das Befriedigende an der Theaterarbeit ist: Man sieht, was man gemacht hat.

gut, denn die Ansprüche waren inzwischen enorm gestiegen. Danach war ich ein Jahr lang in Köln. Dort war die Struktur ganz anders, es war ein Zwei-Spartenhaus mit Oper und Schauspiel, große und kleine Stücke wechselten sich ab. Der Chor war kleiner und es gab kein Ballett. Die Atmosphäre dort hat mir allerdings nicht so gut gefallen.

FREUDIGE RÜCKKEHR

Zu Weihnachten bekam ich eine Postkarte aus Düsseldorf und erfuhr, dass die Gewandmeisterin an der Oper nun auch in den Ruhestand ging – ich habe mich sofort beworben. Die Düsseldorfer waren froh, dass jemand kam, der den Laden kannte. Daraus wurden dann 25 Berufsjahre.

Das Befriedigende an der Theaterarbeit ist: Man sieht, was man gemacht hat. Sitzt das Kostüm gut, rutscht ein Träger? Oje, ist da etwa ein Fältchen? Stimmt die Länge? Der Erfolg zeigt sich darin, dass sich die Sängerin, Schauspielerin oder Tänzerin wohlfühlt und es vielleicht ein Kompliment gibt. Manchmal sogar vom Kostümbildner, der den Entwurf in seinem Sinne umgesetzt sieht.

Der Beruf der Gewandmeisterin bringt eine Menge Organisationsaufgaben mit sich: Wann muss dieses und jenes fertig sein? Zeitdruck gibt es fast immer. Die Zusammenarbeit mit der eigenen Werkstatt, dem Schuhmacher, dem Waffenmeister und den Maskenbildnern ist komplex. Aber wenn diese Arbeiten wie ein Räderwerk ineinandergegriffen haben, hatte ich immer ein Glücksgefühl.

WUNSCHINSTRUMENT HACKBRETT

In den ersten Jahren meiner Berufstätigkeit habe ich noch in einem kleinen Kammerorchester Geige gespielt, hier in Düsseldorf. Der Leiter war ein Repetitor an der Oper. Doch aus Zeitmangel ist das eingeschlafen. Als ich nicht mehr arbeiten musste, sind wir oft in Bayern gewesen und haben dort auch Volksmusik gehört. Das hat mir gut gefallen, besonders die Saitenmusik. Da hat mein Lebensgefährte Erich eines Tages zu mir gesagt: „Guck doch mal, ob das nicht was für dich ist."

Seine Cousine in Bayern besitzt ein Hackbrett und hat mir gezeigt, wie man die Schlägel hält. Ich habe ein bisschen probiert und war begeistert, wie schön das klingt. Sie hat mir ihr Hackbrett mit nach Düsseldorf gegeben und ich habe nach drei Stunden Unterricht in Bayern zu Hause weitergeübt. Dabei habe ich mir ein paar Fehler beigebracht, aber immerhin hatte ich mich den Winter über so gut eingearbeitet, dass ich Lust bekam, das richtig zu lernen.

In Bayern gab es an verschiedenen Orten immer wieder Drei-Tages-Seminare. Ich bin hingefahren und wurde mit Noten eingedeckt. Am Ende mussten wir in kleinen Gruppen vorspielen, das war ganz schön anstrengend und fordernd, aber auch sehr schön. Nach einem Jahr habe ich mich entschlossen, ein eigenes Hackbrett zu kaufen.

ÜBUNG MACHT DIE MEISTERIN

Inzwischen habe ich mehrmals bei Treffen der internationalen Frauenorganisation und auf Familienfesten gespielt. Mit den Kindern meines Neffen habe ich sogar eine richtige kleine Inszenierung zu Wenn bei Capri die rote Sonne im

Meer versinkt gemacht. Mit einem blauem Betttuch – da sprechen die Kinder heute noch davon.

Am Hackbrett mag ich den Klang so sehr. Der Reichtum an Obertönen tut einfach gut. Egal, ob man schlecht gelaunt ist, traurig oder irgendwie daneben ... man kann auch mal Wut haben und kräftig schlagen, das kann das Hackbrett vertragen. Es löst die Spannungen auf. Ich liebe mein Instrument und bin ihm oft richtig dankbar.

Kürzlich habe ich ein Menuett von Mozart eingeübt. Es war rhythmisch knifflig, ich habe mehrere Wochen gebraucht, bis ich es drin hatte. Aber ich konnte richtig spüren, welchen Spaß es Mozart gemacht haben muss, diese Finessen niederzuschreiben. Jetzt spiele ich alemannische Volksmusik. Die hat andere Harmonien als die österreichische oder bayrische Volksmusik, das ist etwas gewöhnungsbedürftig.

Ich übe möglichst jeden Tag ungefähr eine halbe Stunde. Zum Einspielen nehme ich oft eine Melodie von Bach, es ist eine Geigenstimme als Untermalung eines Chorals aus einer Kantate. Zum Schluss spiele ich meistens wieder Bach oder Mozart, einfach so, zum Genuss. Viele Jahre lang bin ich alle 14 Tage zu meinem Lehrer nach Essen gefahren, das wird jetzt weniger. Inzwischen treffen wir uns nur noch alle vier Wochen. Das Lernen geht jetzt langsamer, wie ich eben für alles mehr Zeit brauche.

FASZINATION KONTRAPUNKT

Was mich zuletzt so richtig begeistert hat, war ein Artikel in der *Zeit*[1] über Johann Sebastian Bach. Darin wird erklärt, wie es durch ein speziell entwickeltes Computerprogramm möglich ist, die inneren Gesetze des Kontrapunkts zu verstehen. Beeindruckt hat mich auch, was zwischen den Zeilen

Ein gutes Konzert klingt in mir noch tagelang nach, so etwas begeistert mich.

stand: Dass es kein Oben und Unten gibt, kein Groß und Klein, kein „Haupt“ und „Neben“, sondern eine Gleichberechtigung aller Töne. Dass Bach in der Lage war, vier, fünf Stimmen gleichwertig zu führen. Sie alle gleichzeitig zu hören und zu denken, also toll! Nicht, wie bei anderen Komponisten, wo es eine Hauptstimme gibt und die anderen Stimmen dienen nur der Begleitung. Im Kontrapunkt ist eben alles eins ...

Auch Menschen, die nicht religiös sind, sind von Bach fasziniert. Ich bin in den späten Jahren durch das Hackbrett nochmal ein Bach-Fan geworden, weil wir zum Beispiel seine *Inventionen* spielen, die hat er für seine Schüler komponiert. Sie sind für Cembalo geschrieben, er selbst hat ja an einem Klavichord komponiert. Man kann die beiden Hände auf zwei Hackbretter verteilen – dann klingt das fast wie im Original.

Im vergangenen Jahr habe ich die *Inventionen* in Salzburg auf dem Klavier gehört, das hat mir gar nicht gefallen, es war etwas trocken. Für mich geht dieser gedämpfte Klang vom Hackbrett in Richtung Cembalo. Die zahlreichen Obertöne und das Nachklingen der Akkorde bewundere ich immer wieder.

SEELENNAHRUNG MUSIK

Ein gutes Konzert klingt in mir noch tagelang nach, so etwas begeistert mich. Musik ist ja sehr unterschiedlich, nicht nur schön. Wir mögen auch moderne Musik und setzen uns bewusst mit schwierigeren Stoffen auseinander. Mein

Musikgeschmack hat sich durch die Operntätigkeit deutlich erweitert. Weil man dort bei den Proben Musik hört, die ich mir damals nie freiwillig angehört hätte. Von zu Hause kannte ich Bach, Beethoven, Mozart – Brahms war schon sehr gewagt.

Möglichst alle älteren Menschen sollten Musik machen. Das schenkt Freude, ermöglicht Erfolgserlebnisse und ist ein sehr gutes Training für Gehirn und Augen. Beim Hackbrett muss ich auf die Noten gucken, auf die Schlägel, immer hin und her. Dadurch wird die Koordination geübt.

Auch Singen ist so wichtig! Ich singe in einer kleinen Gruppe mit einer Liedermacherin, die spirituelle Lieder komponiert. Das mache ich schon seit vielen Jahren und es tut sehr gut. Hier kommt es nicht darauf an, richtig zu singen, es sind einfache Lieder ohne Noten. Dabei ergibt sich auch mal eine improvisierte Mehrstimmigkeit ganz von selbst.

Ich bin in der Düsseldorfer Bürgerstiftung engagiert und habe einmal angeregt, einen Seniorenchor zu gründen. Bei einem Konzert wurde die Idee vorgetragen – und hundert Besucher haben sich gemeldet. Dieser Chor existiert jetzt schon ein paar Jahre, und sogar ein zweiter ist entstanden, das ist ein wunderschönes Erfolgserlebnis.

BERGE ALS ZIEL

Ohne Begeisterung ist das Leben doch grau, aber man kann sie nicht steuern. Sicher kann man Dinge tun, die einen interessieren, aber die Begeisterung kommt einfach – oder eben nicht. In früheren Jahren habe ich mich sehr für das Gebirge begeistert, für das Bergsteigen, das habe ich von meinem Vater geerbt.

Ich habe drei Trekkingtouren gemacht. Die erste Tour bereits 1976, nach dem Tod meiner Mutter. Der Abschied von ihr stand bevor und da ich unverheiratet war, hatte ich eine starke Bindung an sie. Ihr Tod war vorauszusehen, sie hatte ein Lungenemphysem, das nicht mehr zu behandeln war. Da habe ich gedacht: Wenn du das hinter dir hast, möchtest du etwas Schönes vor dir haben.

Diese Art zu reisen war damals ganz neu. Ich kannte Peru von den Textilien und den Töpfereien her und darum habe ich mich für dieses Land entschieden. Ich hatte gelesen, dass eine Firma in München solche Reisen anbietet und habe mich angemeldet, zusammen mit einer jungen Verwandten, die ich eingeladen hatte. Das war toll! Es hat ihr gut getan, wir haben uns gut verstanden und viel Spaß gehabt. Wir sind in zehn Tagen von Cusco nach Machu Picchu gewandert und haben in Inka-Ruinen gezeltet. Ich habe zum ersten Mal in meinem Leben in einem Zelt geschlafen, mit 47. Das war alles sehr spannend.

Die Reise hat drei Wochen gedauert und ich habe noch eine Verlängerungswoche angehängt. Später war ich auf Trekkingtouren in Ecuador und in der Himalaya-Region. Zu sehen, wie andere Menschen in fremden Ländern ganz anders leben, es oft viel schwerer haben als wir und trotzdem lächeln – das waren wunderbare und wertvolle Erfahrungen.

NOTWENDIGE ANPASSUNGEN

Einen ganzen Tag lang zu gehen ist schon etwas Tolles. Das kann ich leider nicht mehr. Stattdessen gehe ich möglichst zweimal am Tag im Düsseldorfer Hofgarten spazieren und beobachte die Natur, vor allem die Bäume. Wie sich die Jahreszeiten abzeichnen, das ist jedes Jahr anders. Ich liebe die geschwungenen Wege besonders, in letzter Zeit noch mehr, weil meine Möglichkeiten zur Abwechslung weniger werden. Jedes Jahr entdecke ich etwas anderes – oder erfreue mich an den bereits bekannten Sachen, die aber Variationen zeigen.

Die Leute mit den Hunden kenne ich natürlich, mit einigen wechselt man zumindest ein Augenzwinkern, andere schauen überhaupt nicht auf. Ich setze mich manchmal in die Sonne oder unter einen Baum auf einer Bank zu jemandem dazu und komme ins Gespräch. An den Rhein gehe ich jetzt nur noch sonntags, wenn ich sonst keine Verpflichtungen habe.

MODERNE ZEITEN

Ich habe mir auf den letzten Drücker ein I-Pad zugelegt und auch einen Kurs besucht. Wenn ich nicht weiter weiß, hilft mir mein jüngerer Neffe manchmal oder ich gehe in den Apple-Store. E-Mails schreibe ich gerne, und ich mache Fotos. Unsere Ferienwohnungen habe ich auch mit dem I-Pad gebucht – da war ich ganz stolz, dass ich das hingekriegt habe.

Etwas Neues zu lernen wird immer mühsamer, das merke ich auch am Hackbrett. Ich spiele fast auswendig und die Stücke werden nun leichter, aber es macht trotzdem Spaß. Alles geht eben langsamer.

Die Alterserscheinungen lassen sich nicht verbergen, ich bin nicht mehr so flexibel. Das ist in der Partnerschaft auch nicht einfach, weil jeder an einer anderen Stelle Schwierigkeiten hat, flexibel zu sein. Was dem einen leicht fällt, fällt dem anderen schwer. Meine aktuellen Ziele gehen in Richtung Harmonie. Harmonie mit mir selbst und meiner nächsten Umwelt, da bin ich ganz gut beschäftigt.

HILDEGARD MEUMANN
ehemalige Gewandmeisterin und aktive Musik-Liebhaberin

Geboren 1933 in Berlin, verbringt Hildegard Meumann die letzten Kriegsjahre mit ihrer Schwester in einem Kinderheim auf dem Land und im Internat. Die Eltern halten in Berlin durch und können ihre Kinder 1947 wieder nach Hause holen. 1950 zieht die Familie nach Düsseldorf. Nach ihrem Abitur entscheidet sich Hildegard Meumann dafür, das Schneiderhandwerk zu erlernen. Nach Stationen am Düsseldorfer Schauspielhaus und an der Oper macht sie in München ihre Meisterprüfung und stellt sich den wachsenden Herausforderungen ihrer Zunft. Fast 30 Berufsjahre verbringt sie als Damen-Gewandmeisterin an der Oper Düsseldorf.
Inzwischen lebt sie – der Zufall wollte es so – bereits an der vierten Hausnummer in derselben Straße, spielt Hackbrett und hat sich jüngst noch ein I-Pad zugelegt. Mit ihrem Lebensgefährten Erich besucht sie regelmäßig Konzerte und jeden Sommer die Salzburger Festspiele. Da Bergsteigen nicht mehr geht, hat sich Hildegard Meumann auf die Naturbeobachtung verlegt. Tägliche Runden im Hofgarten machen sie zur Baum-Expertin und Kennerin der saisonalen Besonderheiten.

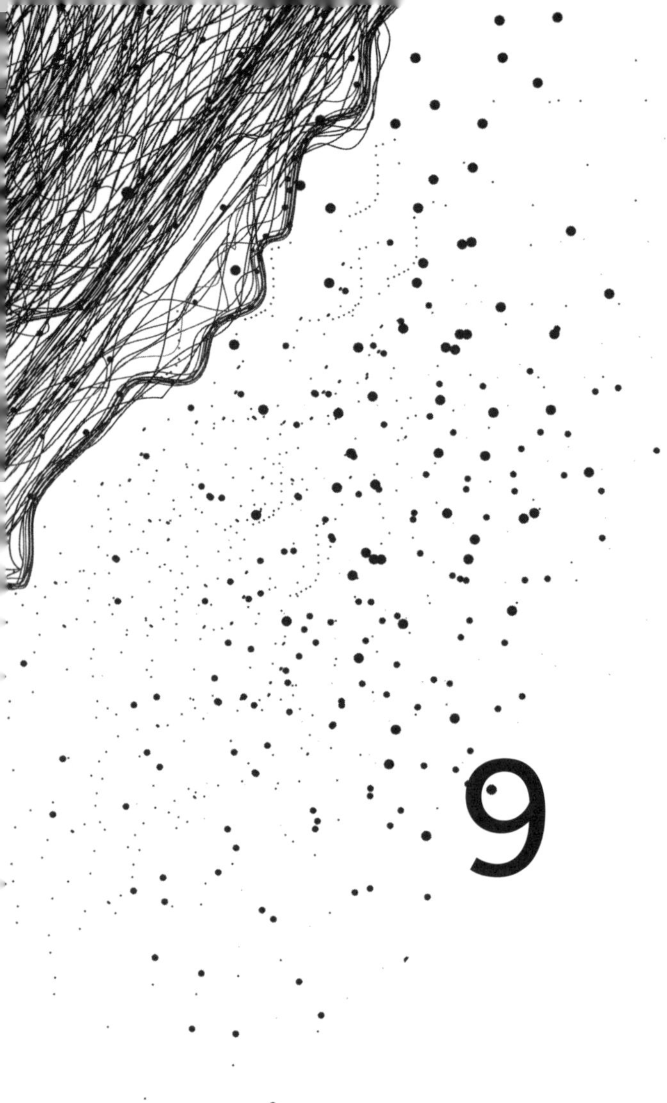

9

GERALD HÜTHER

Das Gehirn wird getäuscht

Einer der bekanntesten Hirnforscher traut der Begeisterung nicht ganz und plädiert stattdessen für die Freude – sie ist stiller, tendiert nicht zum „Überschäumen“ und hält länger an. Der Neurobiologe Gerald Hüther erzählt von kurzfristigen Lösungen und einer neuen Kultur des Miteinanders.

Ich betrachte Begeisterung sehr kritisch. Wir hatten in Deutschland das sogenannte Dritte Reich – damals waren auch viele sehr begeistert. Begeisterung per se hat noch keine Qualität, es kommt darauf an, wofür sich jemand begeistert. Inzwischen verwende ich den Begriff Begeisterung vorsichtiger und spreche lieber von Leidenschaft, da lässt man sich nicht so sehr anstecken.

Ein Begriff, den wir öfter verwenden sollten, ist Freude. Dieser ist jedoch nicht so beliebt, weil er unspektakulär ist. Wenn ich andere Leute mit meiner Freude anstecke, kann das niemals ein Gefühl sein, in dem wir uns verlieren.

Begeisterung neigt zum Überschäumen, kann in Selbstzerstörung umschlagen oder sich gegen andere wenden. Freude steckt an, richtet sich aber niemals gegen andere. Ich habe noch nie gesehen, dass Menschen, die von der Freude getragen waren und diese im Herzen hatten, irgendwelche bösen Sachen gemacht haben. Dass wir so ein blödsinniges Wort wie Schadenfreude erfunden haben, halte ich für einen Missbrauch des ursprünglichen Wortes. Man muss sehr differenziert mit den Begriffen umgehen.

ENDLOSE ENTDECKERFREUDE

Ich wünsche mir, dass das, was Kinder mit auf die Welt bringen, ihr Leben lang erhalten bleibt: die Freude am eigenen Entdecken und am gemeinsamen Gestalten. Ich glaube, dass man überhaupt nichts alleine gestalten kann. Man kann alleine etwas entdecken, aber wenn wir eine Idee, die wir mit Freude geboren haben, umsetzen wollen, brauchen wir andere dafür.

Wenn man einen Traum hat, der einen fasziniert und den man wahr werden lassen will – das kriegt man nie alleine hin. Also müssen wir immer überlegen, was der Einzelne vermag und was in den Bereich des Gemeinsamen gehört. Das Glück, etwas umzusetzen, das ich mir vorgenommen habe, funktioniert womöglich nicht ohne andere, die mir dabei helfen.

Ein Börsenspekulant setzt etwas auf Kosten von anderen um. Er erlebt ein großes Glück, wenn er ganz alleine schlauer war als alle anderen. Ich selbst fand es auch hervorragend, dass ich ganz alleine aus der ehemaligen DDR abgehauen bin, durch eigene Leistung. Ich hatte mir etwas ausgedacht und habe es hingekriegt, den Pass zu fälschen und im Westen anzukommen.

Da sagt man sich: „Wow, jetzt hast du diesen ganzen Staatsapparat und alle Sicherheitssysteme überlistet!“ Man schreibt sich das schnell selbst zu. Ich bin mir aber nicht sicher, ob das so stimmt ... Wir müssen uns immer wieder fragen: „Wo ist das Individuelle? Sind Freude, Leidenschaft und Begeisterung tatsächlich als etwas zu beschreiben, das losgelöst von allen anderen erlebbar ist? Oder gehören die anderen immer dazu?“

Übertrieben lässt sich sagen: Wir können uns über gar nichts freuen, weil wir alleine gar nichts könnten – nicht einmal auf zwei Beinen gehen, nicht sprechen und auch keine zwei Wochen überleben, wären nicht die anderen gewesen, die uns dahin geführt haben. Wenn ich also später im Leben etwas tue, ist das immer auf den Schultern anderer „gewachsen“.

So sehr wir uns auch einbilden, dass etwas unser Eigenes ist, kommt man damit in eine begriffliche Unschärfe, die in einer individualisierten Gesellschaft nicht so gerne gesehen wird. Wir glauben in unserer Selbstüberschätzung oft, dass wir keinen anderen brauchen und beziehen unsere Individualität aus der Abgrenzung von anderen. Richtiger aber wäre beides gleichzeitig zu sehen: die Einzigartigkeit des Einzelnen – in der Verbundenheit mit anderen.

> So wie die Verliebtheit etwas mit Begeisterung zu tun hat, hat die Liebe etwas mit Freude zu tun.

VORTEIL: VERBUNDENHEIT

Wir müssen uns bewusst werden, dass es am Ende keine richtige Freude geben kann auf Kosten von anderen – Begeisterung vielleicht schon. Die wirklich tiefe Freude gibt es nur in der Verbundenheit mit den anderen. Freude ist ein Gefühl, mit dem man andere nicht anstecken kann, aber andere können diese Freude miterleben. Sie wird nicht zu einem aufbrausenden und schaumartigen Gebilde. In der Begeisterung können wir uns verlieren, in der Freude aber nicht.

Begeisterung ist ähnlich wie Verliebtheit, sie „schäumt" immer über. Man neigt dazu, dass man den anderen gar nicht mehr sieht. Man interpretiert in den anderen etwas hinein, was man gerne hätte und berauscht sich an der Vorstellung, was der andere sein könnte. Wenn das zwei Menschen gleichzeitig machen, kann das eine sehr intensive Aktion werden. Nach einem halben Jahr wacht man auf und stellt fest, dass man sich geirrt hat. Manchen aber gelingt es, freizulegen was dahinter steckt. Je stärker es anfangs überschäumt, desto schwieriger wird es, dieses Eigentliche zu finden.

So wie die Verliebtheit etwas mit Begeisterung zu tun hat, hat die Liebe etwas mit Freude zu tun. Liebe ist stärker, stiller und tiefer. Begeisterung ist kurzfristig – die Freude nachhaltig. Begeisterung ist immer eine kurzfristige Reaktion, sie hält nicht lange an. Das darf sie auch nicht, sonst wär's keine Begeisterung mehr. Es gibt Menschen, die tragen eine Freude im Herzen, die gar nicht mehr weggeht.

DAS GEHIRN UND SEIN EIGENLEBEN

Das Gehirn kann man betrachten wie ein lebendes System. Mit Beziehungen zwischen den Einzelteilen, wie eine Familie, ein Unternehmen, eine Stadt oder eine Gemeinschaft. Alle lebenden Systeme haben eine gewisse Struktur, sonst könnte man sie nicht definieren.

Die Aufrechterhaltung dieser Struktur benötigt Energie. Dieses Grundgesetz folgt dem zweiten Hauptsatz der Thermodynamik. Der besagt sinngemäß, dass ein System zerfällt, wenn es die benötigte Energie zur Aufrechterhaltung seiner Struktur nicht mehr aufbringen kann. In diesem Fall verteilt sich die enthaltene Energie wieder im Weltall, das ist die Tendenz von allem. Es sei denn, das System entwickelt so viel Kraft, dass es seine Struktur aufrechterhalten kann. Dann bleibt es lebendig.

Alle lebenden Systeme haben die Tendenz, die erforderliche Energie zur Aufrechterhaltung ihrer Struktur zu minimieren. Sie versuchen ständig, ihre Beziehungen zueinander so zu ordnen, dass möglichst wenig verbraucht wird, das ist eine Frage der Effizienz. Die Struktur, in der die wenigste Energie verbraucht wird, heißt Kohärenz, da passt alles.

Wenn etwas nicht passt – in der Familie oder in der Gesellschaft – entsteht Unruhe. Dann melden sich alle gleichzeitig zu Wort, das kostet Energie. Wird kein Weg gefunden, der das Chaos ordnet und die Struktur wieder kohärenter macht, zerfällt der Laden.

So lässt sich auch erklären, dass eine Gesellschaft, die in Unordnung geraten ist, als Lösung einen Herrn Trump wählt. Er soll dieser „unordentlich" gewordenen Struktur wieder eine Ordnung geben. Unreife Gesellschaften neigen dazu, nach einer schnellen Lösung zu suchen, die in einer autoritären Führung gesehen wird. Durch eine solche Person wird das System geordnet, es ist wieder kohärenter. Diese Ordnung kann jedoch nur kurzfristig aufrechterhalten werden.

NEUES BEGEISTERT

Neue Strukturen gehen häufig auf der gesellschaftlichen Ebene mit dem Zustand der Begeisterung einher. Zuerst ist es furchtbar unruhig, dann kommt einer und bringt die Lösung – das sorgt für Begeisterung und „es schäumt" wieder. Langfristig kann die Herstellung von Ordnung durch eine Art Diktator aber keinen Bestand haben, weil dieser die Entwicklung einer Gesellschaft aufhält.

Es gehört zu den Grundtendenzen jeder Gesellschaft, immer wieder eigene „Unruhe" zu produzieren in Form neuer technologischer und wissenschaftlicher Errungenschaften. Dadurch kommt es zu Unordnung im System und möglicherweise zu einer Ablösung der herrschenden Schicht.

Dann wird ein Feudalherrscher von einem Bürgerlichen abgelöst oder der Kapitalist durch einen Kommunisten ersetzt – es ist immer derselbe Vorgang. Und irgendwann entsteht ein Zustand, in dem sich eine Gesellschaft so verwandelt, dass ein anderes Ordnungsprinzip gesucht werden muss. Nicht mehr eines, das von oben bestimmt wird, sondern eines, das von innen, aus der Freude am Zusammenleben erwächst.

ENERGIEFRESSER GEHIRN

Das Gehirn braucht schon im Ruhezustand zwanzig Prozent der gesamten Energie, die der Körper zur Verfügung hat. Wenn man anfängt zu denken oder gar ein Problem oder einen Konflikt hat, geht der Energieverbrauch in die Höhe. Es entsteht ein inkohärenter Zustand, neurobiologisch wird das „Aroursal", Aufregung, genannt. Alles läuft durcheinander, die Ordnung ist verloren. Das Ziel ist es, den geordneten Zustand schnell wieder herzustellen.

Immer dann, wenn ich mit einer eigenen Leistung in der Lage bin, den inkohärent gewordenen Zustand wieder kohärenter zu machen, verwandle ich im Gehirn einen stark energieverbrauchenden in einen weniger energieverbrauchenden Zustand. Die gewonnene Energie wird dafür genützt, im Mittelhirn gewisse Zellgruppen zu aktivieren – Gehirnforscher bezeichnen das als Belohnungssystem.

Diese Zellgruppen haben lange Fortsätze und schütten an ihren Enden wunderbare Botenstoffe aus. Sie sind in der Lage, Netzwerke zu aktivieren, die sehr komplexe Veränderungen auf der Körperebene hervorbringen – und wir erleben Glücksgefühle. Gleichzeitig wirken diese besonderen Botenstoffe auf der psycho-emotionalen Ebene so, als hätten wir Kokain und Heroin gleichzeitig genommen.

Wenn wir also ein Problem gelöst haben, empfinden wir große Begeisterung. Dieser Zustand stellt sich immer dann ein, wenn wir einen inkohärenten Zustand wieder in einen kohärenten verwandeln. Wir machen das, weil sich das Gehirn gegen einen zu hohen Energieverbrauch wehrt und stellen die Stabilität wieder her, indem wir eine Lösung finden.

DÜNGER FÜRS GEHIRN

Die dabei ausgeschütteten Botenstoffe wirken im Gehirn wie Dünger. Sie aktivieren Rezeptoren und senden Signale in den Zellkern hinein. Dadurch werden neue Eiweiße für neue Fortsätze gebildet und bestehende fester gemacht.

Immer dann, wenn wir etwas gut hinkriegen, wird also im Hirn eine Art Düngergießkanne bereitgestellt und genau das „gegossen“, was wir eben benutzt haben, um das betreffende Problem zu lösen.

Das Gehirn hat keinen Maßstab dafür, ob etwas auch langfristig eine gute Lösung für uns ist.

Biologisch gesehen ist das sehr sinnvoll, denn so finden wir im Laufe des Lebens Lösungen für unsere Probleme und verankern sie im Gehirn. Damit strukturieren wir es. Doch jetzt kommt das Fatale: Das Gehirn hat keinen Maßstab dafür, ob etwas auch langfristig eine gute Lösung für uns ist. Das heißt, es fällt auf jede energiesparende Lösung herein.

Am schnellsten deutlich wird das bei jemandem, der einen Konflikt mit seinem Partner hat. Dieser Zustand ist irrsinnig energieaufwendig, man bekommt Kopfschmerzen davon. Wer in dieser Situation eine Flasche Whisky trinkt, hat für das Gehirn eine Lösung gefunden, denn anschließend weiß man gar nicht mehr, dass man einen Partner hat. Das Gehirn ist zufrieden, die Situation ist kohärent. Auch dadurch wird das sogenannte Belohnungssystem aktiviert.

Diese Bezeichnung ist eigentlich blöd, denn sie klingt so, als würde man für eine bescheuerte Lösung auch noch belohnt werden. Wir Menschen fallen auf kurzfristige Lösungen rein und verfestigen sie sogar im Gehirn, um dann festzustellen, dass wir uns schon wieder verrannt haben ...

SCHNELL STATT OPTIMAL

Je inkohärenter etwas gewesen ist und je kohärenter man es mit einer eigenen Leistung gemacht hat, umso größer ist die Begeisterung. Doch mit Begeisterung begünstigt man die kurzfristigen Lösungen. Wenn man das Glück hat, in einer Gemeinschaft mit anderen Menschen groß zu werden, lernt man, dass solche Lösungen nicht immer optimal sind.

Es gibt die Möglichkeit, durch das Anstreben langfristiger Ziele nicht auf kurzfristige Problemlösungen hereinzufallen. Das könnte zum Beispiel ein Medizinstudium sein. Dabei halte ich mein Hirn davon ab, ständig kurzfristige Ablenkungen wie Einkaufen oder Fernsehen zu suchen, damit ich nicht arbeiten muss. Das ist zwar aufwendig, aber wenn ich unbedingt Medizin studieren will, bekommt mein Gehirn das Gefühl, dass solche Beschäftigungen nicht wirklich kohärent sind. Es richtet sich also nach dem langfristigen Ziel und lässt die kurzfristigen Lösungen links liegen.

Im Leben kommt es darauf an, dass wir nicht nur auf kurzfristige Lösungen setzen, sonst sind wir nicht überlebensfähig. Tiere müssen sich nicht anhand ihrer Lösungen programmieren, sie haben angeborene Verhaltensmuster. Dadurch sind sie zwar weniger lernfähig, können sich aber auch nicht für das Falsche begeistern.

UMLERNEN STATT REINFALLEN

Wenn man ein langfristiges Ziel erreicht hat, ist da eine große Begeisterung oder Freude darüber, es geschafft zu haben. Doch wenn man nicht aufpasst, wird man danach wieder genau so anfällig für kurzfristige Problemlösungen wie vorher, weil das Ziel weg ist. Das heißt: Langfristige Ziele darf man eigentlich nicht erreichen. Man sollte sich also keine Ziele setzen, die man erreichen kann, weil man danach wieder in die Kurzfristigkeit zurückfällt. Das gilt genauso für die wirtschaftliche und gesellschaftliche Entwicklung.

Im asiatischen Denkraum geht es darum, ein Anliegen zu haben. Etwas, das man zwar nicht erreichen kann, aber wohin man kommen will. Man könnte zum Beispiel sagen: „So jemand möchte ich mal werden – und ich weiß, dass ich das niemals schaffe.“ Dazu passt aber nicht, schnell einen Whisky zu trinken und vieles andere auch nicht. Ich orientiere mich an einem langfristigen Anliegen und empfinde eine tiefe Freude, wenn ich diesem folge.

Hier dominiert nicht mehr die Begeisterung, sondern man ist erfüllt von der tiefen inneren Freude darüber, wieder einen Schritt vorangekommen zu sein. Nun wird der Weg zum Ziel, und man jagt nicht mehr einer blöden Idee hinterher. Der Weg, den man geht, bildet die Grundlage für die Orientierung. Jeder Schritt bedeutet Freude und man ruht in sich. Menschen, die eine solche Orientierung für sich gefunden haben, sind nicht mehr verführbar.

VORSICHT BEI BEGEISTERUNG

Begeisterung ist nur ein kurzfristiges Gefühl, man kann sich darin furchtbar verrennen. Nachhaltiger ist die tiefe Freude, die ein Mensch empfindet, wenn er spürt, dass er in einer Weise unterwegs ist, die ihm selbst kohärent erscheint. Das Gefühl, das man dabei hat und das einen so glücklich macht, ist die Kohärenz – auf einmal passt alles.

Ich stelle plötzlich fest, dass ich jemand bin, der einen inneren Kompass hat und dem nichts mehr auf dieser Welt passieren kann. Dieser Mensch kann werden, was er sich vorgenommen hat zu sein. Er freut sich darüber, wenn ein Problem auftaucht, weil er weiß, dass er dadurch ein Stück weiterkommt auf seinem Weg.

> Ich bin meinen eigenen Weg als Biologe gegangen, aber der war an der Universität nicht vorgesehen.

Solche Menschen haben keine Angst vor Schwierigkeiten, weil sie erlebt haben, dass sie nach jeder Problemlösung einen Schritt weitergekommen sind. Das sind Menschen mit einem hohen Kohärenzgefühl, sie werden fast nie krank und haben eine charismatische Ausstrahlung. Sie erfreuen sich an ihrer eigenen Weiterentwicklung, streben niemals einen Lottogewinn oder das sprichwörtliche Schlaraffenland an, brauchen keine Zustände der Begeisterung und kriegen wahrscheinlich auch keine Demenz.

ENTWICKLUNGSSPRÜNGE

Mir selbst ist es gegangen wie vielen anderen Menschen auch: Man lebt sehr lange Zeit unbewusst, dann ergeben sich mehr oder weniger glückliche Ereignisse, aus denen etwas entsteht, was man sich lange nicht erklären kann. Ich hatte in meinem Leben eine ganze Reihe heftiger Probleme, und nach der Lösung ist jedes Mal ein Sprung auf eine höhere Stufe passiert.

Das hat schon in der Kindheit angefangen: Als ich ungefähr zehn Jahre alt war, sind meine Eltern mit mir in die Stadt gezogen. Vorher haben wir im Dorf gewohnt, bei einer Mühle, in der mein Großvater der Wassermüller war. Von dort musste ich weg in eine Neubauwohnung in der Stadt. Da hätte ich verzweifeln können – aber ich habe mir ein Fahrrad gewünscht. Damit bin ich jeden Tag nach der Schule hinaus zu dieser Wassermühle gefahren und nur zum Schlafen nach Hause gekommen.

Dieses Erlebnis war wahrscheinlich der Grund, warum ich mir mit 27 Jahren zugetraut habe, aus der DDR abzuhauen. Weil das so gut geklappt hat, habe ich es Jahre später sogar gewagt, mich aus dem engen Wissenschaftler-Korsett zu befreien. Ich bin meinen eigenen Weg als Biologe gegangen, aber der war an der Universität nicht vorgesehen.

Mit dem, was ich vorhatte, musste ich mir ein anderes Publikum suchen. Die akademische Welt hat nicht verstanden, warum ich ihren Weg nicht gehen wollte. Ich habe die ersten Bücher geschrieben und bin an die Öffentlichkeit gegangen, das war wie eine Befreiung – ähnlich wie das Fahrrad damals.

EIN NEUER WEG

Ich bin den engen Mustern entkommen und war nicht mehr Objekt der Bewertung durch meine akademischen Kollegen, sondern hatte wieder Gestaltungsspielraum. Dadurch konnte ich etwas tun, was man im gegenwärtigen akademischen Betrieb nicht machen kann.

Seit der Aufklärung gibt es in den Naturwissenschaften den zerlegenden Modus der Erkenntnissuche. Es wird alles in immer kleinere Teile zerteilt, in der Hoffnung zu verstehen, wie das Ganze funktioniert. Doch das ist nicht der Ansatz, der mich interessiert. Ich habe versucht, die Dinge wieder zusammenzufügen. Aber damit kann man keine Drittmittelanträge stellen und bekommt auch keine akademischen Ehren.

Die Aufgabe von uns Menschen besteht nicht darin zu funktionieren, wie uns das die Physiologie vorgibt, sondern zu erkennen, was wir brauchen, damit wir Menschen werden können – das ist ein Bewusstwerdungs-Prozess. Die Biologie, wie ich sie kennengelernt habe, klammert das aus, was den Menschen ausmacht. Sie macht ihn zum Objekt seiner Triebe und Antriebe, seines Belohnungszentrums, seines Testosterons und seines Sexualzentrums. Das ist absurd und würdelos. Damit behandeln wir uns selbst wie Maschinen. Wissenschaftler behandeln den Menschen wie ein Objekt.

Wenn sich Menschen mit ihrer Objektrolle abgefunden haben, funktionieren sie, wie es von ihnen erwartet wird. Das ist das Gegenteil von Begeisterung. Diese Menschen haben gar keine Lust mehr, etwas zu gestalten. Sie wollen nur noch, dass alles so läuft, wie es die Struktur vorgibt, damit sie Anerkennung finden. Es sind Abhängige und Bedürftige, ihre Lebensstrategie ist Anpassung.

Hier gibt es keine Begeisterung, denn Begeisterung hat etwas mit dem Subjekt zu tun. Als Subjekt kann ich nie einfach nur funktionieren, ich brauche stets den Gestaltungsspielraum. Tätowierungen oder wilde Frisuren zum Beispiel sind ja nur Versuche, als Subjekt in einer Welt zu überleben, in der man ständig zum Objekt gemacht wird.

MENSCHLICHE WÜRDE ALS ZIEL

Das menschliche Gehirn ist ein Beziehungsorgan. Es funktioniert nicht mehr, wenn man es vom Körper abtrennt. Da es so stark von sozialen Erfahrungen geprägt wird, kann man es nicht losgelöst von den sozialen Beziehungssystemen betrachten, in die es eingebettet ist. Mein Bemühen war, das Gehirn zu verstehen. Dabei habe ich entdeckt, dass ich das nur kann, wenn ich es im Kontext seiner Eingebundenheit betrachte.

Inzwischen wissen wir genug über das Gehirn. Es ist an der Zeit, dass wir überlegen, wie wir unser Zusammenleben gestalten und das, was wir erkannt haben, endlich umsetzen. Dass wir nicht nur darüber reden, wie plastisch unser Gehirn ist, sondern auch unsere älteren Herrschaften so behandeln, dass sie bis ins hohe Alter ihre Neuroplastizität aktivieren können. Wir sollten einen Umgang miteinander entwickeln, bei dem jeder Mensch das Gefühl hat, in seiner Subjekthaftigkeit gesehen zu werden. Das ist es, was wir Würde nennen.

GERALD HÜTHER
Neurobiologe, Hirnforscher, Autor

Gerald Hüther zählt zu den bekanntesten Hirnforschern im deutschsprachigen Raum. Er schreibt Sachbücher, hält Vorträge, organisiert Kongresse, arbeitet als Berater und ist häufig in den Medien zu Gast. Er studierte und promovierte an der Universität Leipzig und habilitierte sich an der Medizinischen Fakultät der Universität Göttingen. Gerald Hüther war Heisenberg-Stipendiat der Deutschen Forschungsgemeinschaft, Professor für Neurobiologie an der Universität Göttingen und Leiter der von ihm aufgebauten Forschungsabteilung an der psychiatrischen Klinik in Göttingen.
Bis heute befasst sich Gerald Hüther mit der Verbreitung und Umsetzung von Erkenntnissen der modernen Hirnforschung. Er versteht sich als „Brückenbauer" zwischen wissenschaftlichen Erkenntnissen und der gesellschaftlichen sowie der individuellen Lebenspraxis. Ziel seiner Aktivitäten ist die Schaffung optimaler Voraussetzungen für die Entfaltung menschlicher Potentiale. Seit 2015 ist Gerald Hüther Vorstand der Akademie für Potentialentfaltung. www.gerald-huether.de

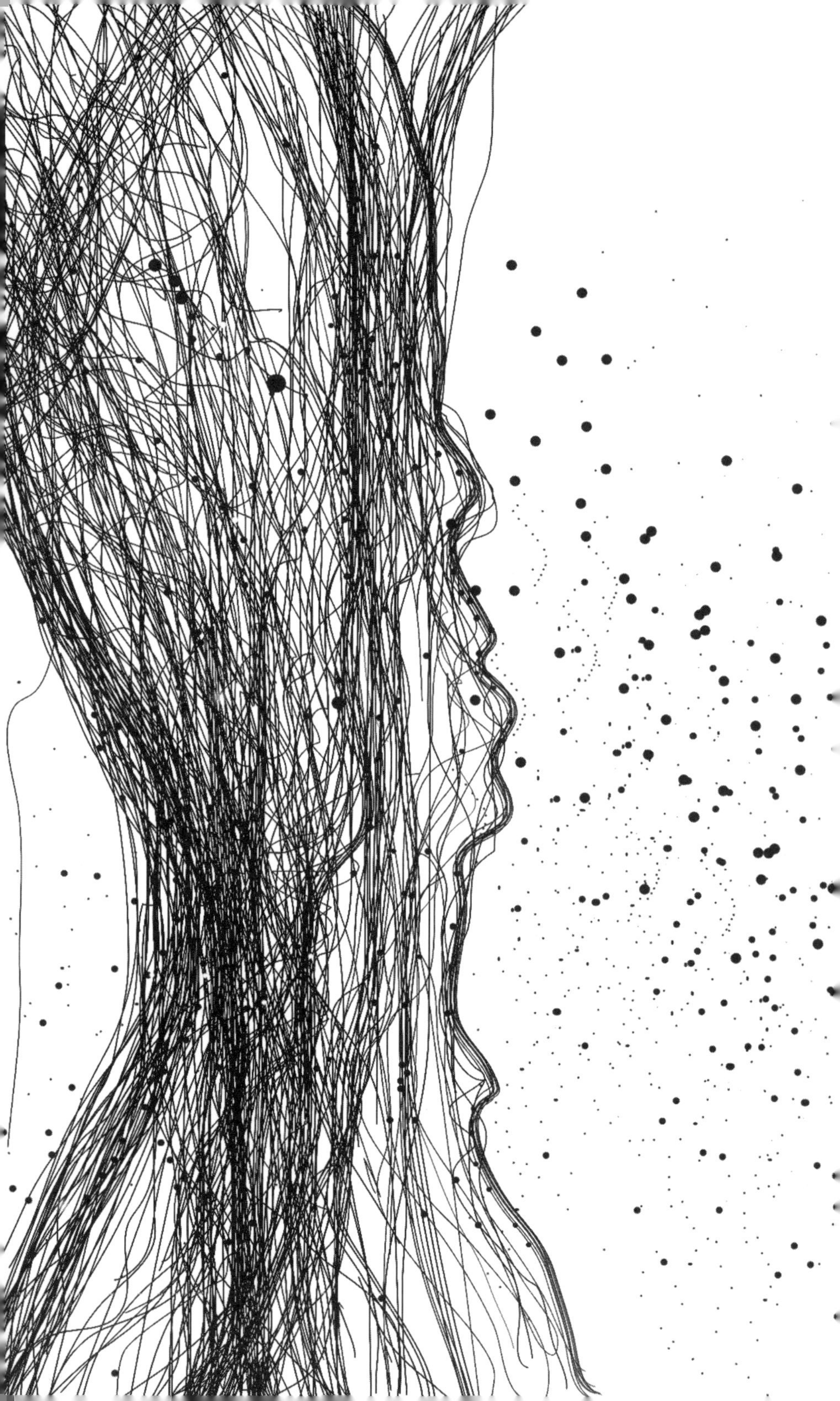

Anmerkungen

1 Überregionale deutsche Wochenzeitung
2 Auf *www.zeitlieder.de* sind die Liedtexte und die ursprünglichen Artikel, die als Inspiration gedient haben, zu finden.
3 deutsche Fassung: Tania Aebi, Die Welt im Sturm erobert
4 deutsche Widerstandskämpferin (1921–1943), Mitglied der Gruppe *Die weiße Rose*
5 Ralph Caspers bezieht sich auf die in Deutschland bekannten Eszet-Schnitten der Stuttgarter Firma Staengel & Ziller. Die Initialen der Gründerväter führten zum Markennamen Eszet. Die dünnen Schokotafeln sind als Belag für Brötchen oder Brot gedacht und kamen 1933 auf den Markt.

Bildnachweis

Grafik auf Umschlag und Buchkern: Tiko Aramyan/shutterstock.com
Porträtfotos: Georg Clementi (Leo Fellinger), Laura Dekker (Laura Dekker), Gerold Tusch (Micky Kaltenstein), Elisabeth Fuchs (Philharmonie Salzburg), Gabriele Gmeiner (Alessandro Zannoni), Ralph Caspers (Johannes Haas), Barbara Bonney (Andreas Kolarik), Hildegard Meumann (Micky Kaltenstein), Gerald Hüther (www.gerald-huether.de)

VIELEN DANK!

Die Idee zu diesem Buch entstand an einem viel zu heißen Julinachmittag auf dem Balkon. Nach der Lektüre verschiedener Tageszeitungen war der Kopf voll mit negativen Sichtweisen und vermeintlichen Problemen. So sollte man sich nicht fühlen – schon gar nicht an einem Sonntag. Darum musste ein Gegenpol her, ein strahlender Lichtkegel, gerichtet auf bemerkenswerte Menschen und ihre Werdegänge. Jammerei hat schließlich noch niemanden vorangebracht – Beispiele, wie es anders gehen kann, vielleicht schon ...
Innerhalb von dreißig Minuten war eine Handvoll Menschen notiert, die als leuchtende Vorbilder dienen können mit ihren Lebenswegen, so individuell, interessant und inspirierend. Keiner von ihnen schwenkt den Zeigefinger oder möchte gar selbst ein Vorbild sein. Und trotzdem liefern sie Vorlagen dafür, was man wagen oder wie man leben könnte.
Nach beinah zwei Jahrzehnten selbstständiger Arbeit als Auftrags-Schreiberin und Textlieferantin war der Wunsch groß, wieder einmal ein eigenes Projekt zu starten. Jenen Menschen eine kleine Bühne zu bieten, die mich in den vergangenen Jahren inspiriert haben und deutlich machen, dass es sich lohnt, den eigenen Weg zu verfolgen – ohne sich mit anderen zu vergleichen.
Viele Unterstützer haben dabei geholfen, diese sommerliche Idee zwischen zwei Buchdeckel zu bringen. Besonders wichtig waren mir all jene Vertrauten, die meiner Ungeduld einen langen Atem eingehaucht haben – ein Buchprojekt ist eben kein Kurzstreckenlauf. Die immer wieder mit interessierten Fragen dafür gesorgt haben, dass die Idee nicht an Schwung verliert oder gar in meinem Notizbuch langsam in Vergessenheit gerät. Ihr wisst, wen ich meine – ich danke Euch von Herzen!

Ein spezielles Dankeschön geht an ...

... Nadine Ratzenberger, die nicht nur viele Fragen zur Funktionsweise von Verlagen beantworten musste, sondern auch eine Zugfahrt nach Wien dafür verwendet hat, die ersten Texte zu lesen. Es ist nicht bei der Lektüre geblieben – die Blätter sind aus ihrer Hand auf einen weiteren Tisch gewandert.

... Barbara Brunner, die beruflich mit so vielen Büchern zu tun hat und trotzdem ihre Profinase in diese Seiten gesteckt hat. Sie hat – ohne lang zu fackeln – dafür gesorgt, dass das Manuskript auf einem passenden Verlegertisch landete.

... Gerald Klonner, einen Verleger wie aus dem Bilderbuch: mit Begeisterungsfähigkeit, spürbarer Freude an Inhalten und Handschlagqualität. Mit der Zeit für ein Gespräch und dem Mut, so kühle Begriffe wie Marktanalyse oder Zielgruppe gar nicht erst in den Mund zu nehmen.

... Beatrix Binder, eine Lektorin mit lächelnder Gelassenheit. Wie schön, wenn ein kundiger Blick vor der eigenen Betriebsblindheit bewahrt. Und wie wunderbar zu hören: „Alles wird gut".

... Nadine Kaschnig-Löbel für das Kunststück, diesem flirrenden Thema eine grafische Entsprechung zu schenken. So sieht sie nun aus, die Begeisterung!

... all die großartigen Gesprächspartnerinnen und Gesprächspartner in diesem Buch für ihre Zeit und Hingabe, um von der Begeisterung, ihrem Leben und den Dingen, die sie geschaffen haben, zu berichten. Manche hatten die Befürchtung, nicht viel zu erzählen zu haben – auf den vorangegangenen Seiten konnte man das Gegenteil erleben.

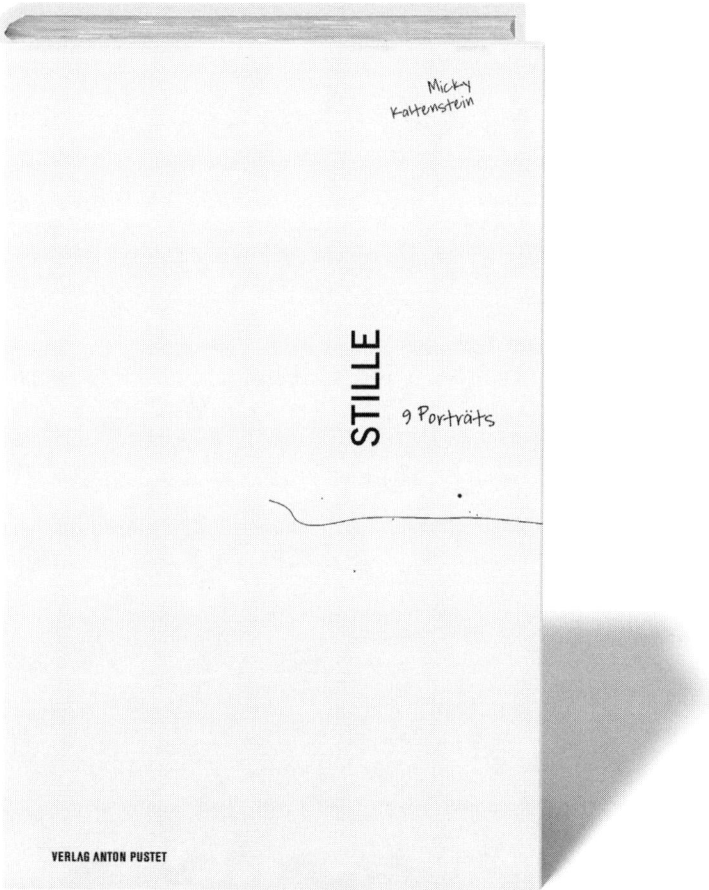

144 Seiten, Hardcover, ISBN 978-3-7025-0940-8, € 19,95
eISBN 978-3-7025-8056-8

WARUM *NOCH* EIN BUCH ..?

Ohne Begeisterung wäre die Welt ärmer. Sie würden fehlen, diese herrlichen Dinge, die Menschen schaffen, wenn sie von etwas zutiefst begeistert sind.

Wie facettenreich sich dieses Gefühl ausdrückt, haben Sie auf den vorangegangenen Seiten erfahren. Und auch, dass man der Begeisterung und ihrer Verführung nicht immer trauen darf. Unser Gehirn fällt schließlich auf jede energiesparende Lösung rein, nur damit endlich Ruhe herrscht im System. In der Natur geht es eben um Effizienz – Energie zu verschwenden, können wir uns nicht erlauben.

Gerald Hüther, der bekannte Hirnforscher, sieht allzu viel Begeisterung mit Skepsis. Einiges wurde in seinen Augen bereits angerichtet aus Begeisterung für das Falsche. Darum plädiert der Wissenschafter inzwischen für die stillere Freude. Dieser unaufgeregten Kraft sollten wir mehr Aufmerksamkeit widmen. Das, was in Stille entsteht, genauer betrachten.

Darum *noch* ein Buch – es ist den leiseren Machern gewidmet. Jenen Menschen, deren Arbeit nicht auf großen Bühnen, sondern in kleinen Ateliers stattfindet. Die in Gärten und Werkstätten, an Schreibtischen und in Klöstern ruhig vor sich hin werken – ohne darum viel Aufhebens zu machen. Die Ergebnisse ihres Schaffens sind einzigartig, ihre Sichtweisen eine Inspiration.

VERLAG ANTON PUSTET

SalzburgerLand Tourismus (Hg.)
Edward Groeger, Walter Müller
MENSCHEN – PEOPLE
Salzburger Land

Fotograf Edward Groeger ist durch Salzburg gezogen, um seine typischen Bewohner zu fotografieren. Getroffen hat er Originale, Urgesteine, Eigenbrötler, Kunstschaffende – besondere Menschen aus Land und Stadt. Entstanden sind einzigartige Fotografien, aus denen das pure Leben spricht. Die Rahmenhandlung stammt aus der Feder des Schriftstellers Walter Müller.

176 Seiten, Hardcover mit Schutzumschlag
großformatige SW-Fotografien
ISBN 978-3-7025-0746-6, € 34,–

Andreas Kumpf
VERABREDET MIT DEM GLÜCK

Kann ein Buch tatsächlich dabei helfen, glücklich zu werden? Autor und Forscher Andreas Kumpf wagt den Versuch: Er hat mit über 130 glücklichen Menschen gesprochen, und zeigt Lebenswege auf, die unterschiedlicher kaum sein könnten. Allen gemeinsam ist: Es geht darum, den entscheidenden Wendepunkt im eigenen Leben zu erkennen und zu nutzen.

160 Seiten, Hardcover
ISBN 978-3-7025-0803-6, € 22,–

© FOTO FLAUSEN

Micky Kaltenstein ist freie Journalistin, Autorin und Sprecherin. Sie hat Kommunikationswissenschaften studiert und schreibt für Magazine, Zeitungen, Unternehmen und private Auftraggeber. Die Autorin lebt in Salzburg, reist gerne durch die Welt und begeistert sich für gute Gespräche. www.kaltenstein.at